소녀 망상 중.

이루마 히토마

소녀 망상 중.

이루마 히토마

SHOJO MOUSOUCHU

ⒸHitoma Iruma 2017
First published in Japan in 2017 by KADOKAWA CORPORATION, Tokyo.
Korean translation rights arranged with KADOKAWA CORPORATION, Tokyo,
through Korea Copyright Center Inc.

Girls
On
the
run

전속력으로 땅을 차는 일이 계속 이어졌으면 한다.

그 소망을 이루기 위해 발버둥 치며, 차츰 벅차오르는 숨에 마음이 약해진다.

보이기 시작하는 건 항상 그 즈음부터였다.

바람이 몸을 매끄럽게 쓰다듬는 감촉과 함께, 오늘도 찾아왔다. 그 등을 인지한 순간, 허벅지와 머리 뒤가 후끈해졌다. 고대하던 해후에 전신이 환희했다.

내 몇 발짝 앞을 그녀가 경쾌하게 달려간다. 꿈인 것 같으면서도, 그 팔놀림과 발소리가 분명 눈앞에 있었다. 나는 그 뒷모습에 따라붙고자 전속력을 유지했다. 하지만 이미 최고 속도에 달해 있어 기를 써 봤자 조바심만 늘 뿐 가속될 리 없었다.

그래서 따라잡을 수 없었다.

아무리 애를 써도 거리는 좁혀지지 않았다.

그 상태로 그녀가 먼저 선생님 옆을 지나쳤다. 나 역시 달려나갔다. 골인했다는 사실은 알았다. 그러나 발은 멈추지 않는다, 그녀를 쫓아서 아직 달리고 있다.

손을 뻗어서 그 어깨를 만질 수 있는 거리까지 좁히기를 얼마나 꿈꿨던가.

그리고 언제까지 꿈으로 끝날 것인가.

나와 그녀의 발소리가 차바퀴처럼 포개졌다. 보폭도, 속도도 차이가 없는 것 같은데.

이윽고 발이 뒤처지자 숨을 삼켰고, 속도가 떨어진 순간, 아아, 여기까진가 싶어 포기했다.

느릿느릿 감속하고, 걸으면서 숨을 골랐다. 얼굴을 들지 않도록 무릎에 손을 짚었다.

교사校舍에서 뻗은 그림자가 발밑에 보였다. 또 상당한 거리를 달리고 말았다.

"어디까지 달릴 생각이야."

부활동 고문 선생님이 쫓아왔다. 어디까지냐니, 으음, 어디까지든.

그녀가 그곳에 있는 한.

"네가 1등이구나."

선생님이 돌아보면서 말했다. 1등이라는 그 말에 자연스럽게 목소리와 몸이 반응했다.

"아뇨."

땀을 닦는 것도 잊고 고개를 가로저었다.

"진짜 1등은 따로 있어요."

달리기라는 걸 배운 후로 한 번도 따라잡지 못했다.

"목표로 삼은 상대라도 있나?"

"…네, 뭐."

무릎에서 손을 떼고 얼굴을 들었다.

아직은 세찬 고동에 맞추어 숨은 거칠고 평평한 운동장이 융기되어 보였다.

그 끝을 아무리 응시해도, 멈추어 선 내게 더 이상 그녀는 보이지 않았다.

그녀를 처음 본 건 네 살 때였다. 그녀도 아마 비슷한 나이였으리라 생각한다. 조금 먼 공원에서 집으로 돌아가는 길이었고 저녁도 깊어 가고 있었다. 마을의 그림자가 붉게 물들기 시작하니, 서둘러 가지 않으면 어머니한테 혼날 것이라고 생각한 나는, 위험하니까 그러면 안 된다고 했는데도 도로변을 달리기로 했다. 내가 사는 마을은 바다도 먼 시골 변두리라 인도 따위는 집 주변에 없었다.

"달리자, 서둘러~"

함께 가던 친구에게 말했다. "으~" 하고 운동을 싫어하는 친구가 불만스럽게 이야기했지만 "간다~"라고 선언하고 달렸다.

앞서 말한 대로 시골이라 다행히 차량 통행은 거의 없었다. 주택가를 끼고 새로 생긴 큰길에는 차가 끊일 줄 모르지만, 이 당시의 내게는 무관한 세상이었다.

집 근처 어린이집과, 공원. 내 발로 갈 수 있는 곳은 그 정도였다.

그런 이유로 달렸다. 짧은 다리로 세게 땅을 밟자 움찔 몸이 앞으로 나아갔다. 그 축적과 반동의 감각에 도취되어 나도 모르게 자꾸 동작을 빨리했다. 더 크게 모아서 강하게 앞으로 갔다. 반복해도 금방은 숨이 차오르지 않아 즐길 여유가 있었다.

먼 곳에 타들어 가는 하늘이 펼쳐졌다. 밀려났다 다가오는 듯한 오렌지색, 그리고 날개처럼 뜬 엷은 구름을 보고 있으니 가슴이 술렁거려 진정되지 않았다. 초조함 같은 것이 충동질하여 발이 점점 빨라졌다. 차츰 호흡도 거세지고 팔놀림도 커졌다.

그리하여.

하늘과 넓은 세상에 마치 물방울이 듣는 것처럼.

정신을 차려 보니 여자아이가 눈앞을 달리고 있었다.

눈을 깜빡이거나 한눈을 팔거나 하지도 않았는데 느닷없이 등이 보였다. 높이 묶은 머리카락이 바람과 그녀의 움직임에 맞추어 크게 흔들렸다. 키가 비슷한 여자아이였다. 유혹하듯이 내 앞을 달렸다. 뭐지 뭐지, 하면서 그 아이의 등만 보게 된 상태에서도 발은 늦출 수 없었다.

"…저기!"

달리는 도중 똑바로 말하기란 어렵다. 진지하게 달리고 있다면 더욱 그렇다. 괜히 목소리를 낸 탓에 호흡이 흐트러지고 숨이 빨리 차올랐다. 당황하자 사레가 들려 멈추어 섰다.

그리고 내가 발을 멈춘 것과 동시에 여자아이는 모습을 감추었다.

입을 벌렸더니 목구멍이 바싹바싹 말라 더욱 멍해져서 움직일 수 없었다.

"두고 가지 마." 하며 친구 세리가 비틀거리며 쫓아왔다. 한번 흘끗 본 뒤, 바로 다시 앞을 보았다. 없었다. 숨을 장소도 없는 외길의 어디에도 보이지 않았다.

저 멀리, 지평과 석양이 섞이는 틈 사이에 녹아든 듯이.

"셋짱? 뭐 보고 있어?"

세리가 앞으로 돌아들었다. 머리카락이 맺힌 땀으로 인해 이마에 달라붙어 있었다.

"모르겠어."

설명할 수 없어서 그렇게 대답하자 어떻게 받아들인 건지 뾰로통해진 세리가 "심술쟁이."라고 말했다. "뭐라고?" 하며 말싸움을 했다.

서로의 머리를 퍽퍽 때리면서도 내내 사라진 여자아이를 생각했다.

그날은 이불 속에 기어 들어가서도 좀처럼 잠이 오지 않았다.

그런 일이 있었던 다음 날, 어린이집 하원길.

어머니의 손에 이끌려 어제와 같은 길을 걸었다.

"으~음….."

그 아이는 있을 리 없다. 하품을 하면서 주위를 보고, 맺힌 눈물방울을 훔쳤다. 근처에 사는 아이라면 있으려나 싶어 어린이집 안을 찾아보았지만, 그러고 보니 아는 건 뒷모습뿐 얼굴을 모른다는 사실을 한 바퀴 돌고 나서 깨달았다. 그렇지만 아마 없을 것이다.

갑자기 나타나거나 사라지거나 할 수 있는 아이는 어린이집에는 없었다.

"으으음."

왜 그러니? 하면서 옆을 걷는 어머니가 고개를 갸웃했다. 얘기를 하더라도 아마 꿈이라고 생각하시겠지.

하지만 그 여자아이와 만났을 때의 땅의 감촉, 바람 냄새, 그

저항. 모두 꿈속에서는 별로 신경 쓰지 않는 것들이었다. 그것을 명확히 기억하고 있으니 그 아이는 결코 꿈이 아니다.

현실의 끝에 있다고 한다면.

어머니의 손을 놓았다.

혼자서 똑바로 달리기 시작했다.

통원 가방을 흔들면서 우선은 헉헉대며 느리게 달려 보았다. 보이기 시작하는 건 집뿐이었다. 어제 상황을 돌이켜 보고 손발을 다잡아 더 빠르게 달렸다. 어머니의 목소리가 뒤에서 들렸지만 신경 쓰지 않고 뛰었다. 하지만 아무리 달려도 여자아이는 보이지 않았다.

속도가 부족해.

직감인지 운명인지 형태 없이, 그러나 날카로운 것이 내게 부족함을 알렸다.

가방이 방해된다는 생각에 벗어 그 자리에 두었다. 그러고는 또 달렸다. 발을 앞으로, 크게, 내디뎠다.

힘껏 밟아서 훌쩍 앞으로. 처음에는 허리 위가 무겁게 느껴져서 질질 끌어 옮기는 듯했다. 하지만 발 움직임이 매끄러워짐에 따라 동조되어 갔다. 어깨에 찾아오는 바람의 저항을 무시할 수 있게 되었다.

그렇게 되니 몸은 자연스럽게 멋대로 나아갔다.

발소리와 흐르는 풍경의 속도가 일치했다.

그리고, 왔다.

내 속도에 부응하듯이 또 그 여자아이가 찾아왔다.

어제와 복장이 조금 달랐다. 하지만 그 머리 모양은 틀림없이 그 아이였다.

왜, 달리면 보이는 걸까.

알 수 없지만 그런 아이겠거니 하고 눈앞에 일어난 일을 받아들였다.

그리고 두 번째가 되니 조금 침착하게 사정을 파악할 수 있었다. 빨라서 놀랐다.

아무리 열심히 달려도 전혀 따라잡을 수 있을 것 같지 않았다.

조금이라도 발을 늦추면 순식간에 거리는 벌어져서.

그대로 사라져 버리리라.

덤벼들려고 필사적으로 팔을 흔들었지만 전력 질주가 오래 이어질 리 없다.

더군다나 준비 운동도 안 했으니 옆구리가 아파 오는 것도 금방이었다.

더는 무리라는 생각에 기역자로 꺾듯 몸을 웅크렸다.

흐트러진 숨이 꼴사납게 코와 입을 뒤덮었다.

그런 나를 느꼈는지 여자아이가 달리면서 돌아보았다.

"………………아."

그 순간, 나는 거칠어진 숨조차 감지할 수 없게 되었다.

땀 한 방울 흘리지 않는 여자아이가 쾌활하게 씨익 웃어서.

마치 몸을 젖히듯이 발을 멈추고 말았다.

그 입가, 고른 치열, 강한 호기심이 느껴지는 빛나는 눈동자.

바람과 함께 춤추는 머리카락의 상쾌함과는 반대로 묵직하고 무거운 것이 내게 와닿아 있었다.

손끝과 머리가 강하게 마비되었다.

여자아이가 사라진 후에도 결코 수그러들지 않는 강한 충격이 내 안을 뛰어다녔다.

갑자기 달리면 위험하다는 어머니의 꾸지람도 둔탁하게 울렸다.

이명이 강해지고, 나를 둘러싼 피로와 바람 소리가 애매모호해져서.

졌다고 생각했다.

그 여자아이의 미소에 졌다고 느낀 것이다.

그렇게 나는 나에게만 보이는 '그녀'를 의식하게 되었다.

그녀는 언제든 어디든 나타난다. 내가 달리기만 하면.

전력으로 달려 최고 속도에 도달하면 달리는 그 아이가 보이는 모양이다.

어째서일까.

보인달까⋯ 그 움직임도 발소리도 내게는 느껴지기 때문에 불확실한 것이 아닌데.

그러나 보통은 있을 수 없는 일임을 키가 자람에 따라 차츰 알게 되었다. 보통 사람은 아무리 전력 질주를 해도 그런 여자아이와는 만날 수 없다. 세리와 〈마리오 카트〉를 하면서, 제일 빠른 기록을 재생하는 고스트를 보고, 처음엔 이건가 싶었지만 뭔가 다르다고 생각을 바꿨다. 달리는 그녀는 무언가를 본뜬 것처럼 보이지 않았다. 의지를 느낀 것이다.

어쨌든 우선은 그 등을 따라잡아 보고 싶다.

어깨에 손을 걸쳐 보고 싶다.

그 앞에 있는 것을 알고 싶었다.

무언가가 시작될지 사라질지, 아니면.

그 미소를 정면으로 받아들일 수 있을지.

학교에 있는 동안에도, 집에 갈 때에도, 집에 가서도 하루 종일 달리는 것만 생각하는 초등학생이 되어 있었다. 어머니는 내가 달리기를 좋아한다고 말했지만 좀 달랐다.

달리는 끝에 있는 것에 푹 빠졌다.

고작 몇 초, 길어야 십 몇 초의 만남에 많은 시간을 바친다.

그 반복으로 꽤 단련이 되었는지 어느새 같은 학년에서 나보다 빠른 아이는 볼 수 없게 되었다. 남자마저도 간단히 앞지를 수 있었다. 어쩌면 내게는 달리는 재능이 있었는지 모른다. 재능과 노력이 합치되어 동급생을 잇따라 추월한다.

딱 한 명, 그녀를 제외하고.

아무리 빨라져도 그녀는 따라잡을 수 없다.

그런 환상이라고 말해 버리면, 그만일 뿐이지만.

그래도 난 거기서 끝내고 싶지 않다고 생각했다.

6년 동안 힘껏 정신없이 뛰다 보니 중학생이 되었다. 키는 자라고, 발도 자라고, 옷도 바뀌었다.

나도, 그녀도.

부활동에 가입하지 않으면 안 된다는 말에 운동장을 달리는 사람들을 발견하고 바로 그것을 골랐다. 즉, 육상부다. 학교 밖에서도 달리는데 안에서도 달리기만 하는 건가 스스로도 생각했다. 멈추고 싶지 않다는 동기를 헤아리고 나니 조금 쑥스러워졌다.

입부한 이유는, 달리기라는 것을 조금이라도 더 가까이 두고 싶다고 생각했기 때문일까. 나와 그녀를 잇는 것은 그것밖에 없었다. 뭐랄까, 구체화하고 싶었는지도 모른다.

내가 달리는 의미라고 할까… 말로 잘 표현할 수 없었다.

하지만 그 미소와의 거리를 줄이고 싶은 마음이 바탕에 있는 건, 확실했다.

"흐음, 육상부."

가입한 부를 보고하자 친구가 별로 재미없다는 듯 담담히 반응했다.

세월이 지나 세리せリ는 세리#가, 셋짱せっちゃん은 세츠츠摂律가 되어 있었다.

세리와 세츠츠라서 이름이 조금 겹치는 느낌이었다. 하긴, 세리는 이름이고 세츠츠는 성이지만.

주위의 친한 사람들에게는 둘 다 셋짱이라 불리게 되었다. 복잡하다.

"아오."

그리고 세리는 어느새 나를 이름으로 부르게 되었다.

아오노青乃니까 아오.

란도셀을 메고 있는 동안에는 셋짱으로 불렸기에 아직 익숙지 않다.

"왜?"

"너, 정말 달리기를 좋아하는구나."

말과 표정에는 질렸다는 기색이 섞여 있다. 그렇게 느낀 건 나의 착각일까.

오뚝하게 올라간 코가 활발한 인상을 주는 세리는 그 얼굴에 호응하듯이 태도가 빳빳하고 드세져 있었다. 옛날에는 좀 더 부드러웠지만 완전히 어른스러워졌다.

성미는 강해 보여서, 부드러운 것이라고는 끝이 느슨하게 웨이브 진 다소 짧은 머리카락뿐이다.

"아니, 별로 그렇게 좋아하지 않는데."

"그럼 왜 달리는 거야?"

"음~"

환상의 그녀를 쫓고 있을 뿐이라고 솔직히 이야기하면 세리는 코웃음 칠까.

"음~"

"뭐야, 그게."

얼버무린다고 생각했는지 세리가 못마땅한 듯 입을 삐죽 내밀었다.

"쫓아가기 힘들거든?"

"미안해."

쫓아오지 않으면 된다고 생각하지 않는다. 세리에게는 쫓는 이유가 있으리라.

나도 비슷했다.

학교 밖으로 나와서 조금 걸었을 즈음 세리가 나를 곁눈질했다.

"갑자기 달리지 마."

쐐기를 박았다. 오른 발바닥이 허공을 찬 듯 어설픈 선을 그렸다.

"어어… 응."

불현듯 그녀를 만나고 싶다는 생각에 바로 달려 나갈 때도 있었다.

그런 충동이라고 하나, 개인적으로는 마음 상태를 소중히 하고 싶다고 생각하지만 주위의 이해를 구하기란 어렵다. 느껴지지 않는 것에 공감을 느끼기란… 그래, 무리였다.

뜻하는 대로 달린다. 그런 짓을 할 경우 주위의 평가는, 초등학교 시절에는 혈기 왕성한 아이였지만 중학생쯤 되고 보면 침착하지 못한 녀석이 된다. 경우에 따라서는 이상한 녀석, 위험한 녀석까지 갈지도 모른다. 성장함에 따라 굴레가 늘어나서 최고 속도에 족쇄가 채워진다.

전에는 시속과 관련이 있나 생각했었다. 그렇지만 자동차나 전철에 타도 그 아이는 보이지 않는다. 창밖에 있는 건 흔해 빠진 경치와 어디에나 있는 지하의 어둠. 비치는 건 그녀를 찾는 나의 불안정한 눈동자. 늘 이렇게 약해 보이는 눈을 하고 있나 싶어서 내 얼굴에 조금 불안을 느꼈다.

속도는 관련이 없는 것 같다.

그 순간순간의 전력숲ヵ이 있으면 어렸을 적이든, 그리고 지금이든 그녀는 눈앞에 찾아온다.

관계는 전혀 변하지 않는다.

하지만 만났을 때는 똑같이 어렸던 그녀도 지금은 성장했다. 나와는 다른 학교 교복을 입었으며 키도 나를 조금 앞질렀다. 키가 자라는 환상이라는 것도 보기 드물지 모른다.

스커트를 입은 것 따위는 개의치 않는 듯 전력 질주하기에 볼 때마다 쑥스러워하고 만다. 아니, 나도 남 말할 처지는 아니지만. 그 스커트 밖으로 뻗은 다리의 눈부심을 독점하고 있으면 뭐라고 형언할 수 없는, 그리고 무엇과도 바꿀 수 없는 고양감이 싹트고 만다. 다른 사람의 다리로는 이런 생각을 하지도 않는다.

돌이켜 생각했더니 지금도 주변의 시선 따위는 잊고 달리고 싶어졌다. 그렇지만 세리가 화낼 것 같아 자중한다.

"오빠는 잘 있어?"

세리에게는 세 살 터울의 오빠가 있다. 거의 이야기한 적은 없지만.

"그렇지 않겠어? 아, 얼마 전에 여자 친구를 집에 데려왔더라."

"오오."

한없이 남의 일인데도 그런 종류의 화제에는 쑥스러워지고 만다. 익숙하지 않기 때문일 거라고 생각한다.

화제를 바꾼다.

"그리고 보니 세리는 어느 부에 들어갈 거야?"

운동은 잘하는 편이 아니니 문화 계열이려나. 그런 식으로 추측해 보는데.

"육상부."

못마땅한 듯 세리가 말했다.

"어어…."

"뭐야, 그 반응."

"그게, 괜찮겠어?"

아직 자세히는 모르지만 연습이 혹독하면 고생할지도 모른다.

"괜찮냐니, 뭐, 별일이야 있겠어?"

"딱히 내게 맞추지 않아도 돼."

"그런 이유에서가 아냐."라고 화를 냈다. 틀린 모양이다.

그러나 그것 말고 세리가 달리는 이유는 떠오르지 않았다.

육상부 활동에 참여한 지 사흘째 되었을 때 선생님이 말했다.

그녀가 달려 사라진 방향을 물끄러미 보고 있었을 때였다.

"너, 빠르구나."

숨을 고르면서 얼굴을 들었다.

"네."

그녀를 따라잡지 못한 뒤 칭찬을 들어 봤자 별로 기쁘지는 않다.

게다가 내가 앞질러 버린 선배들이 기분 나빠하지 않을까 생각했다.

"그런데 그 주법으로는 다리 다쳐."

선생님이 내 무릎에 눈길을 주면서 지적했다. 어떤 주법일까. 그녀를 쫓는 동안 몸에 밴 그것은 의식하여 실천하는 게 아니다.

"고쳐 나가자꾸나."

"네…."

느려진다면 고치지 말자.

"그리고, 달릴 때는 머리를 묶는 게 어때?"

산발이 되어 있었다고 손짓 발짓으로 가르쳐 주었다.

"흐음."

옆구리를 타고 흐르는 듯한 머리카락 끝을 집고서, 머리를 묶는 편이 좋을지 모르겠다고 생각했다.

애당초 나는 왜 이렇게 머리를 기르고 있을까. …무관심할 뿐인가.

숨이 거친 세리가 다가왔다. 그리고 "빨라."라고 말했다. 불평처럼 들렸다.

"세리도 연습하면 빨라질 거야."

운동장에 선 가녀린 세리는 재미없다는 듯 고개를 돌렸다.

그런 부활동 시간이라면 모를까, 다른 시간에는 뛰어다닐 수도 없었다. 초등학교에 비해 수업 시간도 늘어났다. 그녀와 만날 수 있는 시간이 짧아졌다. 조금은 조바심이 났다.

수업 중, 시간이 빌 때는 자연스럽게 샤프를 쥐고 있었다. 기억 속에 새겨진 그녀를 더듬어서 노트 가장자리에 그리려고 한다. 하지만 달리기와는 달리 예술 분야에서의 내 성장은 한마디로 둔했다. 거북이 같다면 그나마 낫겠지만 앞으로 나아가는 느낌도 들지 않는다.

뒷모습은 어떻게든 그릴 수 있으나 그 미소를 묘사하기란 도저히 무리였다.

사진이라도 보고 그리듯 기억 속의 선을 옮겨 가면 될 텐데, 그게 어렵다.

점심시간에도 급식은 일찌감치 해치우고 최소한 등만이라도 잘 그리고 싶어 연습을 했다. 경쾌하게 흔들리는 팔꿈치에, 딸려 올라가는 교복 틈새로 살짝 보이는 옆구리. 두근두근. 티 한점 없는 뒷무릎에, 이리저리 흔들리는 포니테일. 그런 것들을 그린다. 흑백이라서 딱 느낌이 오지 않는다며 솜씨 이외의 탓으로 돌려 보았다.

들려온 목소리에 얼굴을 드니 떨어진 자리에서 세리가 다른 친구들과 담소 중이었다. 몇 명의 여자아이들이 모인 가운데 평소와 달리 명랑한 표정으로 응수하고 있었다. 나와 있을 때와는 천지 차이다.

어느 쪽이 꾸밈없는 세리일까. 옛날을 생각하면 저쪽이 본모습일 것이다. 바라보고 있으니 눈이 마주쳤다. 순간, 세리는 다소 험악한 표정이 되었다. 마치 나를 나무라듯이.

세리는 나와 있을 때 훨씬 기분이 나빠 보인다. 그렇지만 세리는 나와 있으려고 한다.

그날도 그랬다.

"아이스크림 먹으러 가지 않을래?"

"뭐?"

부활동이 끝나고 밖에서 열을 식히는데 세리가 제안했다.

"왜?"

"먹고 싶으니까."

"그건 그래."

나도 그런가, 하고 생각했다. 나쁘지 않은 기분이었다.

"좋아, 가자."

세리의 뺨이 조금 부드러워졌다.

"아, 그런데 돈이 없어."

학교에서는 돈을 쓸 기회도 없다. 있는 건 가방 바닥의 10엔

짜리 동전 몇 개 정도다.

"내가 내 줄게."

"인심 좋네."

금방 옷 갈아입고 오겠다며 서둘러 부실로 달렸다.

전력에 달하기 전에 입구에 도착해서 좀 아쉬웠다.

이러저러해서 옷을 갈아입은 후, 세리와 나란히 서서 조금 걸었을 즈음 주의를 받았다.

"달리지 마."

"응."

늘 주의를 받는 느낌이다.

"넌 따라잡을 수가 없단 말이야."

그렇게 말하고 세리가 토라지듯 입을 삐죽였다.

따라잡을 수가 없다.

그 기분은.

"알아."

"뭐가."

그래, 그래. 친한 척 세리의 어깨를 치니 "뭐야, 너." 하고 세리가 짜증을 내며 눈을 가늘게 떴다.

과거 나란했던 키는 세리가 차이를 조금 벌려 놓았다. 세리가 먼저 어른이 된 느낌이다. 나는 란도셀을 내려놓고 교복을 입었을 뿐이랄까…. 하지만 조금 더 지나면 짜잔~하고 두둥~한 것이 닥쳐올지도 모른다. 빨리 와라.

목적지는 세리의 마음에 달려 있었다. 내 마을 지도는 어린이집에 다니던 즈음부터 거의 덧쓰이지 않았다. 달릴 때 주변을 신경 쓸 여유는 없었다. 그녀만 봤다.

그녀는 잘 돌아봐 주지 않아서 조금 쓸쓸하다.

세리가 안내한 아이스크림 가게는 나도 이름 정도는 알고 있었다. 앉아서 먹는 곳이 마련되어 있었기에 한 손에 아이스크림을 들고 걸터앉았다. 유리 너머로 가게 밖의 마을 모습이 보였다. 큰 빌딩이 난립하고, 같은 마을에 사람이 잔뜩 산다는 게 불편했다.

"왜 안절부절못해?"

"도시에 있는 느낌이라서."

"그게 무슨 소리야."

세리가 살짝 웃었다. 세리가 고른 아이스크림은 말차고 나는 초콜릿 민트였다.

고른 이유는 파랗기 때문에. 아오노靑乃라는 이름 때문에 파란색을 좋아하는지 파랑을 좋아해서 이런 이름인지. 조금만 생각하면 어느 쪽인지는 알 수 있지만 일부러 답은 애매모호하게 놔두었다.

"달다~"

아이스크림에 대해 평이한 감상을 말한다. 미사여구를 늘어놓기도 참, 어렵구나.

"사 줘서 고마워."

인사하자 세리가 "다음에는 아오 차례다." 하며 입가를 누그러뜨렸다.

살짝, 예전 얼굴이었다.

"다른 친구랑은 자주 와?"

주문에도 익숙한 것 같았기에 별생각 없이 물어보았다.

"보통."

"보통이라."

그냥저냥인 것으로 해석한다. 아이스크림을 쳐다보던 세리의 시선이 아래를 향해 조금 기운이 없어 보였다.

"신경 쓰여?"

"어?"

무슨 소리냐고 묻기 전에 "아무것도 아냐."로 끊겨 버렸다.

세리가 다른 친구와 아이스크림을 먹는 일이 신경 쓰입니까?

별로라고 말했다가는 그럼 왜 물었냐며 화낼 것 같아서 입을 다물었다.

아이스크림을 핥고 깨물어 맛보면서 유리 너머를 보았다. 오래 쳐다보니 점점, 자신이 무엇을 보는지 애매해졌다. 눈의 초점이 사라지고 시야가 번지면서 퍼졌다.

둔탁하게 들리던 차 소리가 더욱 멀어졌다.

이윽고, 분명 앉아 있는데도 그녀의 모습이 보였다. 달리는 등이 아니라 제대로 본 적이 없는 정면을 포착하고 있었다. 이건, 있을 수 없다. 내 망상, 즉 환각의 망상이다. 혼란스럽기 짝이 없다. 그녀가 웃으며 팔을 벌리고 있었다. 무심코 몸이 앞으로 나갈 뻔했다.

소원의 도가 지나쳐서 내 앞에 튀어나왔다.

그것을 알면서도 여전히 마음이 설레었다.

정말 그녀와 만난다면, 그야말로 어떤 기분이 들까.

"어디 보고 있어?"

세리가 말을 걸어서 돌아보았다. 말차 아이스크림 너머에서 세리의 입이 시옷자로 휘어 있었다.

"어디냐니… 밖."

유리를 가리켰다. 매끈매끈하다. 잘 닦여 있으니 점원은 훌륭

하다.

"밖의 뭐?"

"뭐냐니, 밖의… 밖이지."

밖에 밖 이외에 뭐가 있단 말인가.

그렇다, 아무것도 비쳐 있지 않다. 그럼 난 뭘 보고 있었지?

이따금 먼 곳을 보는 듯하면서도 뭔가를 들여다보는 듯한…
이상한 모순을 느낀다.

그녀는 내 '밖'과 '안' 중 어느 쪽에 있을까?

"밖을 볼 때 그런 얼굴을 하는구나… 흐음."

세리의 아랫입술이 비쭉 나왔다. 아이스크림을 먹는 중이니
말 걸지 말라는 듯 화난 어깨가 앙칼지다.

"저기, 나 어떤 얼굴을 하고 있었어?"

"네 얼굴이잖아."

인간은 의외로 자신에 대해 모르는 법이다. 그리고 세리에 대
해서도 불투명하다.

"왜 화를 내?"

"사람은 타인의 불행보다도 행복하다는 것에 상처받지."

세리가 어깨를 으쓱하며 그런 소리를 했다. 비아냥조가 섞인
말투였다.

"그게 무슨 소리야."

"언뜻 생각난 걸 말해 봤을 뿐이야."

"어머, 그래."

사춘기 절정인 세리의 철학에 잠시 마비되었다. 그리고 또 창밖을 보았다.

그녀는 누구일까?

태어나지 않은 자매의 유령, 비명횡사한 육상의 신, 요정 씨, 환각, 내 머리가 이상하다. 간단히 떠오를 만한 것은 전부 머릿속에 늘어놓고, 신경 쓰이는 걸 생각해 보고 나니 남은 건 환각과 머리 이상설 정도였다.

내게 자매는 없고 육상에 얽힌 사건도 과거에는 없었다. 요정 씨는 날개가 돋쳐 날고 있는 게 아니니 탈락시켰다. 설마 내이상理想의 인물이 보인다든지… 글쎄.

만약 실재 인물이라면 왜 연관도 없어 보이는 내 앞에 나타나는 걸까.

아니면 운명적인 무언가가 있기 때문에 보이는 걸까.

아무것도 모르겠다. 그녀는 내 앞을 달리기만 하고 아무것도 말해 주지 않는다.

"이쪽 보래도."

머리가 드르륵 돌아간다. 세리가 내 머리를 잡고 방향을 바꾸었다. 세리는 어린아이처럼 뾰로통해져 있었다.

"어휴."

"미안하다니까."

변명했다. 그런데 미안해할 일이 있었나?

그녀를 생각하는 일이 나쁘다니, 믿어지지 않는다.

"무슨 생각 했어?"

세리가 나무라듯 물었다. 그렇게 묻는 빈도가 늘어난 느낌이다.

내가 뭘 생각하는지 그렇게 신경 쓰이나.

확실히 그녀 생각만 하고 있지만.

"그냥… 더 빨리 달리고 싶다든지, 그런 거."

아주 거짓말도 아니었다. 그녀를 평생 따라잡을 수 없다니, 별로 내키지 않는다.

"그렇게 빨라져서 어쩌려고?"

"글쎄… 어떻게 되려나."

그건 나도 알고 싶었다. 그래서 달리는데, 아직까지 답은 보이지 않는다.

텔레비전에 비치는 도시처럼 많은 사람들이 가게 앞을 오간

다. 차는 더 많다. 전철을 타고 멀리 나가면 이와는 비교도 안
될 만큼 불어나겠지. 이런 시내를 전력으로 뛰는 일은 민폐인
데다 불가능할지도 모른다. 그러나 우리도 언젠가는 이 사람들
의 흐름에 동참하지 않으면 안 된다.

　나이를 먹음에 따라 책임이나 입장이라는 짐이 늘어 간다.

　그렇지만 많은 걸 제쳐 두지 않으면 그녀의 '세상'에 다다를
수 없다.

　몇 초, 최대한으로 달려 봤자 십 몇 초의 해후를 위하여 난 다
른 것을 버리고 갈 수 있을까.

　지금으로서는 상당히 버리고 갈 것이다.

　"달리는 버릇, 슬슬 고치는 게 어때?"

　세리가 토라진 투로 그런 소리를 했다.

　애매하게 눈과 입술이 움직이고, 대답도 약해졌다.

　내가 달리기를 멈추는 건 그녀가 보이지 않게 되었을 때이리
라.

　…아니, 어쩌면.

　보이지 않게 되면 보이게 될 때까지 계속 달릴지도 모른다.

　"그보다 말야, 아이스크림 엄청 맛있어."

　노골적으로 화제를 바꾸었다. 세리가 넌더리를 냈지만 더 강

하게 나갔다.

"한 입 어때?"

먹다 만 파란 아이스크림을 내밀자 세리의 눈동자가 머물렀
다. 조금 지나서 고개를 뻗어 왔다.

초코칩이 많은 부분을 거리낌 없이 덥석 베어 물었다.

달이 이지러진 듯 아이스크림이 호를 그렸다.

세리가 우적대면서 내게 자신의 아이스크림도 내밀었다.

"아, 나 말차 싫어해."

됐다며 손을 내저으니 세리가 잠시 뜸을 들이다 아이스크림
을 거두었다.

"기억해 둘게."

"응."

기억해서 어쩌려는 걸까.

"세리는 말차 좋아하는구나."

"뭐 그렇지."

"집안의 영향인가?"

"그럴지도."

대답이 짧으니 대화하기가 좀 곤란했다.

왜 그런 태도일까.

옛날부터 어울려 논 세리에 대해서도 이해되지 않는 것, 모르는 것은 잔뜩 있다.

환상에 지나지 않는 그녀를 알 턱이 없겠구나.

아이스크림을 먹고 조금 더 얘기를 하다가 가게를 나왔다. 시간이 별로 안 지난 줄 알았는데 해는 지고 있었다. 봄이 따뜻해지면서 5월에 다가서는 것을 해 질 녘에 느낀다. 붉은 선이 하늘에 전선처럼 달리고 있었다. 블라인드를 구부리듯 하늘빛이 팔락팔락 변해 가는 느낌이다.

"아오, 또 오자고 할게."

굳이 말 안 해도 되는데… 아니, 잠깐만, 하며 고쳐 생각했다. 말해 주지 않으면 안 된다.

"응. 미리 말해, 다음엔 내가 살 테니."

돈을 준비해 두지 않으면 안 된다.

"그럼, 내일 봐."

"어? 내일은 토요일인데."

"쉬는 날이니까 별로 상관없잖아."

세리의 새침한 코끝이 저녁 바람을 가른다.

"아… 그런가, 그럴지도."

별로 상관없다고 납득하면서 고개를 갸우뚱했다.

시답잖은 대화를 발걸음과 함께 신나게 이어 갔다. 그러다가 신호에 걸려 멈추었다. 가만히 있으니 아이스크림의 기분 좋은 냉기의 여운이 목구멍과 배 속에서 느껴졌다. 아… 뭐랄까, 만족스러운 마음에 풍경을 포함해서 여유롭게 즐긴다.

멍하게 있다.

그러고는 부르르 떨었다.

평화로운 상반신의 따귀를 때리듯이 하반신이 꿈틀거렸다.

신호를 기다리는 다리가 떨리고 있었다. 고대하듯이, 재촉하듯이.

가로지르는 자동차 소리가 머리 앞뒤로 흐르듯 들린다.

멈추어 서 있는데 멀리서 경쾌한 발소리가 찾아왔다.

발소리는, 두 쌍.

"…좋았어."

세리에게 들리지 않도록 작게 중얼거리고 발을 굴렸다.

세리와 헤어지면 힘껏 달리자.

기대와 초조로 허벅지 뒤가 약동하고 있었다.

오늘도 어제도, 아마 내일도 그녀와 만날 것이다.

아니 이것은 만남일까?

누구와 상담할 수도 없는 고민이었다.

그런 그녀의 등을 그린다. 중학생이 되고부터는 늘 교복이다.

6월에 접어들자 하복으로 갈아입었다.

"…앗."

사각사각 어깨를 그리다가 문득 깨달았다.

이 교복, 실재하는 것이라면 찾아볼 수 없을까. 찾아봐서 해당하는 학교가 있다면 혹시 그녀는 그곳에 다니고 있을지도 모른다. 하늘의 계시란 이런 것이라며 자신의 재치에 감탄했다. 수업 중인데도 교실 밖으로 튀어 나갈 뻔했다.

자제심을 발휘해 의자에 엉덩이를 딱 붙이고 참았다. 그러면서 노트 가장자리의 낙서도 교과서를 얹어 감추었다. 왠지 다른 사람에게 그녀의 모습을 보이기가 싫었다. 그림이라 해도 말이다.

내게만 보이는 그녀에 대한 희미한 독점욕이랄까… 그런 게 있는 모양이다.

그녀는 내 큰 고민거리이면서 동시에 행동 지침이기도 했다.

나는 항상 그녀를 목표로 한다. 꿈결에서 뛰는 불확실한 것을 잡으려 하고 있다.

애가 타는 시간을 견디고 방과 후를 맞이했다.

"어디 보자."

훌륭한 재치를 얻었을 텐데도 팔짱을 낀 채 한동안 움직일 수 없었다.

학교 교복을 어떤 식으로 찾아볼지가 문제였다. 사진이 있는 것도 아니라서 남에게는 물어볼 수 없으니 내 기억에 의존해야 한다. 게다가 꼭 같은 현縣이라는 보장은 없다. 이미지 검색을 하려고 해도 그녀는 기록되지 않는다. 지금까지 이것저것 시도해 봤으나 그녀는 카메라에 찍히지 않는 듯했다.

"…역시 유령인가?"

그런데 성장하는 유령이라는 게 있나? 내 상식으로는 판단할 수 없었다.

집에 돌아가서 가족 공용 컴퓨터로 알아보았다. 현 이름과 중학교와 교복으로 검색했다. 애초에 같은 현 안의 것인지 어떤지도 모르기에 별 기대 없는 행동이었다.

그런데 몇 개쯤 보다 보니 의외로 간단하게 그 사이트를 발견할 수 있었다.

현내 중학교의 교복이 죽 나열되어 있었다. 용도는 쓰여 있지 않고, 게다가 여자 교복밖에 찍혀 있지 않은 것으로 보아, 뭐랄까, 그.

"편리한 세상이네…."

그런 것으로 해 두었다.

목적을 깊이 생각하는 일은 관두고 얌전히 이용해 주었다. 아래로 스크롤하여 하나씩 확인해 간다. 수백 개 학교가 있는 게 아니라서 찾는 건 간단했다.

그리고 그녀의 것과 동일한 교복을 발견했다.

정말 있었구나. 집어삼킬 듯이 화면을 쳐다보았다. 모델 아이의 눈이 검은 선으로 가려져 있는 건 넘어가고, 이 동복은 봄에 보았던 그녀가 입은 교복과 똑같았다. 중학교 이름으로 검색했더니 갈 수 없는 거리는 아니지만 집에서 먼 곳으로, 내 생활권에서 떨어져 있었다. 왜 그녀가 이런 곳의 교복을 입고 있을까. 내가 보는 환각인데 알 턱이 없는 정보가 끼어든다는 건 생각하기 힘들다.

이건 역시 뭐랄까.

낯간지럽지만 운명 같은 걸 느끼고 말았다.

피가 몰려서 가려워진 뺨을 긁적였다. 그녀가 실재할지도 모른다는 흥분에 몇 번인가 주먹을 불끈 쥐었다. 실내를 몇 바퀴쯤 돈 후 시계를 올려다보았다. 지금 가기에는 좀 늦다.

내일이다, 내일, 하면서 힘차게 내 방으로 돌아와 이불에 뛰어들었다.

이대로 시간을 내일 아침으로 건너뛸 수만 있다면, 하는 바람과는 달리 오늘은 잠이 올 것 같지도 않았다.

그리고 다음 날, 안절부절못하며 하루를 보냈다. 급식 맛도 수업 내용도 기억나지 않는다.

수업이 끝나 방과 후가 되자 곧바로 교실을 나왔다. 빗자루라도 휘두르듯 경쾌한 발걸음으로 후닥닥 신발장으로 향했다. 신발을 갈아 신었을 즈음 긴장이 고조되었다.

"아오."

나를 도중에 발견했는지 세리가 종종걸음으로 쫓아왔다.

"부활동은?"

"미안, 오늘은 가 보고 싶은 곳이 있어서 쉬려고."

게다가 길바닥에서 달릴 테니 연습은 할 수 있다.

"흐음. 따라가 줄 수도 있는데."

"뭐야, 너 잘난 척… 아… 아냐. 미안, 혼자서….'

말을 흐렸다. 설명해 봤자 이해 못 할 테고 괜한 걱정을 살 뿐이다.

"어, 그래."

세리는 바로 마음이 상해서 신발을 갈아 신고 가 버렸다. 화가 난 모양이다. 다음에 사과하자고 생각하면서 교문으로 향했다. 지금은 조금이라도 빨리 그녀 곁으로 가고 싶었다.

자전거도 이용하지 않고 이동하기에는 꽤 힘든 거리였다. 그녀가 벌써 집에 가 버리지는 않았을까 걱정되었다. 부활동 중이라면 끝나는 시간에 딱이겠지만, 그녀에 관한 정보는 아무것도 없다. 그래도 발은 빠르니 무언가 하고 있기를 기대했다.

인쇄한 지도를 한 손에 들고 집과 전혀 상관없는 방향으로 갔다. 우연히 가족이 보면 어떻게 설명할 것인가. 귀가도 늦어질테고, 부활동은 빼먹었고, 세리는 화났고.

여러 가지로 필사적이었다.

이윽고 길을 잘못 들지 않고 그 중학교에 도착했다. 그 즈음에는 발바닥이 욱신욱신 뜨거워져 있었다. 걸어온 피로와 긴장감 둘 다에 의한 것으로 발바닥 한가운데가 쑤시는 느낌이었다.

안까지 들어가려는 발을 멈추고, 그러면 곤란해질 것 같아 조금 되돌아 나왔다. 교복이란 어디든 비슷하다고는 하지만 역시 타 학교 학생임은 조금만 보면 알 수 있다.

교문 근처에서 기다리는 게 확실하리라. 그늘에 숨어서 교문을 들여다보았다. 학년은 알 수 없지만 하교하는 중학생이 드문드문 모습을 보인다. 그 안에서 여자 교복 차림을 보고 가슴이 철렁했다. 그녀와 같은 교복이었기 때문이다. 하지만 어깨 위는 크게 달랐다.

교사校舍와 함께 석양에 잠기면서, 기다린다. 엿본다. 이쪽으로 다가오는 학생과 눈이 마주쳐서 황급히 숨었더니 엇갈리는 순간 나를 더 의심스러운 눈으로 보았다. 섣불리 들여다볼 수도 없다.

여자 교복을 볼 때마다 철렁하고, 확인하고, 안도하듯 낙담하고.

계속 기다리는 사이 고양감은 차츰 공포로 변해 갔다.

아무 생각도 없는 자신에게 찾아온 난제에 시달렸다.

만약에 정말 찾는다면 어떤 식으로 말을 걸면 좋을까.

그녀는 아마⋯ 아니, 분명 나를 본 적이 없다. 모르는 학교 여학생이 갑자기 말을 걸면 보통은 무서워할 것이리라. 그것도 다정하게, 이 경우 감격의 눈물을 흘릴지도 모르는 기세로.

기겁할 것 같아 참담한 기분이 되었다. 게다가 솔직히 그녀를 만나 평정심을 잃지 않을 자신도 없다.

상상을 훨씬 뛰어넘는 추태를 보이리라.

어쩌나 하는 생각에 겁이 났다. 만난다 하더라도 나만 들뜰 것이다.

깊이 생각하지 않고 와 버린 걸 후회했다. 교문을 확인하는 일도 잊고 식은땀을 흘렸다. 가방을 쥔 손끝이 미끄러지고 심장이 아팠다. 숨도 거칠어서 더는 가만히 있을 수 없었다.

숨어서 이런 상황이니, 대놓고 수상한 사람이었다.

게다가 더 무서운 것이 있었다.

혹시 만나서 모두 부정당하면.

환상 속에서 꾸는 꿈이 모두 사라져 버리리라.

윗팔을 타고 으슬으슬, 오싹오싹 한기가 흘렀다.

뒤통수가 얼어붙은 듯이 춥다.

돌아가자고 생각한 후 도망쳤다.

그 후 그 중학교로 향하는 일은 졸업 때까지 한 번도 없었다.

고등학생이 되고도 하는 일은 기본적으로 달라지지 않았다.

육상부에 들어가고, 그녀의 미소를 그리고, 가끔씩 세리에게 혼났다. 세리는 또 같은 학교다. 하지만 연습이 고되기 때문인지 중학생 때와 달리 육상부에는 들지 않았다. 세리는 나를 쫓는 일을 포기한 듯했다.

그 대신 기다리는 일이 많아졌다. 부활동이 끝나고 자주 교문에서 세리를 만났다. 듣자 하니 내 부활동이 끝날 때까지 도서관에서 책을 읽는 모양이다. 가끔 공부도 한단다.

온다는 걸 알면 거기서 기다리면 된다. 달리기만 하는 것보다 훨씬 편하다.

"세리는 똑똑하구나."

"뭐?"

순수한 칭찬이었는데, 왠지 세리는 자신을 바보 취급했다고 생각한 듯 째려보았다.

마음을 전하는 일은 상당히 어렵다.

그런 이유로, 딱히 달라진 구석은 없었다.

굳이 달라진 것을 꼽자면 나보다 빠른 사람이 늘었다. 예전에는 옆에 없었는데 지금은 비교적 가까이에 듬성듬성 있다. 이상하게도 그런 사람들이 나를 앞지를 때면 아무리 빨리 달려도 그녀의 모습은 보이지 않았다. 내가, 그녀의 추월당하는 모습을 보고 싶지 않기 때문일까.

그런 사람들과 만나고 나서, 달리는 것만으로 살아간다는 막연한 장래에 대한 전망은 글렀음을 깨달았다. 세상은 그렇게 합리적으로 굴러가지 않는 모양이다. 발이 빠르다고 해도 내 두 발에 금전적 가치까지는 없는 듯했다. 중학교 선생님이 말했던 대로 주법을 바꿨더라면 좋았을까. 지금 와서는 너무 몸에 배어서 이 주법이 아니면 그녀의 모습은 볼 수 없다.

그 밖에는 환상의 그녀가 점점 예뻐지고 매력적이 된 것 정도였다. 고등학교 교복으로 바뀌어 있었지만 이번에는 찾아봐야겠다고 생각하지 않았다. 거리를 걸으며 스쳐 지나는 학생들의 교복 중에서 같은 것을 본 듯했지만 일부러 무시했다.

발견하면 환상은 사라진다.

그녀의 환상과 장난질하는 나라는 관계까지 무너진다.

그것을 깨달은 이후, 조금 소심해져 있었다.

고등학교 3학년 봄방학, 마음먹고 혼자 바다에 갔다.

조금은 장거리 여행이었다. 버스와 전철을 갈아타고 모르는 모래사장에 홀로 선다.

심호흡을 하자 바람에 날아오른 모래가 입 안으로 불어 들었다.

까끌까끌 씹는다.

여름보다도 햇살은 부드럽고 바다도 잔잔하게 느껴졌다. 그래도 해면에 반사된 빛에 눈이 아찔해진다. 젖지 않도록 짐을 모래사장에서 조금 떼어 놓았다. 바다 냄새에 숨이 막힐 것 같았다.

바다에 온 이유는 데이트를 하기 위해서였다. 상대는 물론 환각의 그녀다.

그녀와는 어디서든 만날 수 있다. 그리고 언제까지 따라잡을 수는 없다.

만나기 위해서라면 무엇이든 할 수 있다고 생각하는 반면, 할 수 있는 일은 이 정도에 그친다.

그녀를 위해 뭔가를 내놓을 수 있다고 결의하지만, 아무것도 전할 수 없다.

함께 달리는 장소가 모래사장이라면 그런대로 그림이 되지 않을까. 그런 안이한 발상이었다. 해수욕의 계절에서 비켜나 있어 바다에는 관광객 하나 없다. 달리는 데 방해되는 건 없었다.

그런 이유로, 즉시 모래사장을 한일자로 뛰었다. 모래를 밟는 감촉이 금세 무거워지고 신발 밑창에 엉겨 붙었다. 무릎까지 질질 끌리는 듯한 무게를 극복하며 발을 앞으로 내디뎠다.

그러자 문득 그녀가 나타났다. 우리 동네가 아니라도 나온다는 사실에 안도했다.

달렸다. 모래사장 끝까지 왔다가 되돌아간다.

달렸다. 반대 끝까지는 역시 체력이 따라 주지 않는다.

휴식.

"피곤한 데이트네…."

무릎에 손을 얹고 크게 숨을 뱉으면서 웃었다. 역시 모래사장에서는 전속력을 유지할 수 있는 시간이 짧고 피로감도 다르다. 그녀는 순식간에 사라지고, 바로 달릴 수도 없다.

그래도 그녀는 여느 때보다 즐거운 눈치였다. 평소에는 잘 돌아봐 주지 않는데 오늘은 달려서 만날 때마다 쾌활한 미소를 보여 주었다. 오길 잘했다고 진심으로 생각했다.

그로부터 두세 번 달렸을 즈음 한계가 와서 주저앉았다. 그러면서 옆에 떨어져 있던 빈 깡통을 주웠다. 묵은 때가 들러붙어 있었다. 근처 어딘가에 버리고 싶었지만 누군가 보고 따질지도 모른다고 생각하니 경솔한 일은 할 수 없었다. 그런데, 누군가라는 게 누구지.

정말 혼자밖에 없는데. 오른쪽에도 왼쪽에도, 바다 저편에도 인적은 없고.

…그녀?

지금 이렇게 앉아 있는 동안에도 그녀는 옆에 있을까? 보이지 않을 뿐, 옆에.

손을 휘둘러 보았다. 바닷바람에 실린 모래가 손가락 틈새에 닿을 뿐이었다. 그녀의 발걸음처럼 경쾌하게 모래가 부슬부슬 흩어져 간다. 지켜보다가 어느새 바닷물 냄새에 익숙해졌음을 깨달았다.

건물이 없는 풍경은 시야가 넓다. 눈부심도 잊고 잠시 바라보았다.

때때로 떨어져 있는 나에게까지 흰 파도가 다가왔다.

"바~다~는…."

바람에 섞여 나직이 노래한다.

환각에 휘둘려 이런 곳까지 오고 말았다.

의사와 상담하는 편이 좋을까. 아냐, 아냐, 하며 머리를 흔들었다.

이상한 환상이었다. 보통은 의도치 않게 갑자기 보이거나 해서 곤란한 법인데 그녀는 조건을 충족시키면 반드시 보인다. 그리고 내가 아무것도 하지 않으면 결코 볼 일이 없다.

규칙적인 환각이었다. 내 현실에 비집고 들어오는 일도 없이 조심스럽고도 상냥하고, 달콤하고, 멀다.

보지 않으려 하며 살아가는 건 간단하다.

하지만 그건 첫사랑을 포기하는 일과 같아서.

"괴로워."

본심을 토로했다. 그녀가 사라지는 것도 그녀를 쫓는 일도, 둘 다 괴롭고 힘들다.

머리를 감싸 쥐고 있는 사이 몸이 식어서 몸서리를 쳤다.

봄 바다는 오래 있으면 쌀쌀하다.

올 거면 역시 여름이 좋겠다고 생각했다.

"…다음에는."

다음에는.

그녀를 만나고 싶다. 달리지 않고 이야기를 하고 싶다. 목소리에 귀를 기울이고 싶다.

나란히 앉아 같은 바다를 보고 싶다. 몽환의 끝을 겁내면서도 품게 되는 모순, 소원.

상대가 동성이라도 상관없다.

달콤한 건 달콤하니까 좋고 매운 건 매우니까 좋다.

그녀니까, 좋은 것이다.

대학생이 되었다.

"와~"

세리도 같은 대학에 다니게 되었다.

"어어….."

"뭐야."

"아니, 좋긴 한데."

집에서 멀어져 살 곳을 구하게 되었는데 세리와 같이 지내게 되었다.

"뭐어~!"

"너 혼자면 위험하잖아. 네 부모님도 너 좀 돌봐 달라고 부탁했어."

"응~? 어디가?"

"됐거든?"

등을 떠밀기에 그대로 얼렁뚱땅 함께 살게 되었다. 솔직히 같은 집은 그렇다 쳐도 같은 방에서 누군가와 생활하는 일에는 익숙하지 않아 잘 지낼 수 있을지 불안했다.

"오늘 밥은 내가 했어."

"오오오~우."

불안은 저녁밥 한 끼로 해소되었다. 세리는 이래저래 다른 사람을 챙기기 좋아하는 모양이다.

그런데 내가 아침이나 휴일에 밖으로 달리러 갈 때는 따라오지 않았다.

"얼른 가면 되잖아."

그뿐만 아니라 노골적으로 싫은 내색을 하며 배웅했다. 마음에 안 드시는 모양이다.

"건강에 좋아."

"어디가?"

무슨 말을 하든 언짢음만 더해지는 느낌이라 별로 신경 쓰지 않기로 했다.

그 후 대학 생활에 익숙해졌을 무렵. 이런 일이 있었다.

깊은 밤, 잠자리에 들고 조금 지나서였다. 무슨 소리가 들려 잠에서 깼다. 세리가 화장실에라도 가려고 이불 밖으로 나섰음을 깨닫고 도로 눈을 감았다. 금방이라도 다시 잠들 수 있겠지.

그렇게 생각하는데 세리의 발소리가 돌아왔다. 그런데 방향이 세리의 잠자리와 조금 달랐다. 새까만 어둠 속에서도 다른 그림자가 내 얼굴에 걸리는 것을 알았다. 세리의 그림자다. 혹시 아니라면 도둑이라든지 강도라든지 해서 큰 문제가 되기에 어떡하나 고민하고 있는데 이불이 살짝 젖혀졌다.

뭐지, 뭐지, 하며 내심 당황하는데 "자?" 하고 작은 소리가 속삭였다.

어린이집 낮잠 시간에 선생님이 '잠들었나요?'라고 물었던 것을 떠올렸다. 나는 착한 아이라서 '네' 하고 착실히 대답했더니 얼른 자라는 말이 돌아왔다. 어린아이의 순진한 마음은 상처받았다.

그것을 감안하여, 아니, 감안하는 의미는 알 수 없지만 자는 척을 해 봤다.

그러자, 이불 안으로 가느다란 것이 들어왔다. 살피듯이, 숨듯이 살그머니. 등에 동요를 나타내지 않으려 하는데 누군가의 몸이 등에 달라붙었다. 포개듯이 다가붙는다.

익숙한 온기. 세리의 체온이다.

여전히 눈을 감은 채 세리가 내 잠자리에 들어왔음을 인지했다.

"아오."

내 이름을 작게 불렀다. 당황스러울 만큼의 열기를 느꼈다. 세리의 입가가 내 목 뒤를 핥듯이 쓸어 내려갔다. 그 숨결이 목덜미에 닿자 그게 간지러워서 결국 자리를 박차듯이 돌아보고 말았다.

촉촉한 세리의 눈과 지척에서 마주하는 형태가 되었다. 앞으로 나온 코가 세리의 팔을 누르고 있었다.

세리가 눈을 뜬 채 굳었다. 내가 자는 체하는 것도 알아차렸는지 얼굴이 새빨개져서 자신의 잠자리로 돌아갔다. 불빛이 없는 데서도 안색의 변화를 알 수 있었으니 홍조는 꽤 진했으리라.

"깨어 있었으면 얼른 일어났어야지."

나를 혼냈다. 그러고 나서 세리는 내게 등을 돌리고 누워 한 번도 돌아눕지 않았다.

"미안해."

그 등에 사과했다.

"…고운 머리카락, 하고 있구나 생각했을 뿐이야."

세리가 불쑥 말했다. "어어."라고 애매하게 반응했지만 세리에게서 대답은 없었다.

그 후 밤새도록, 종종 의식이 멀어지려 하는 가운데서도 세리의 가는 어깨를 쳐다보고 있었다.

이런 식으로 간단히 그녀와 맞닿을 수 있다면. 타인의 등에서 다른 여자를 보았다.

그런 일이 있었다.

게다가 대학교 근처에서 달리고 있는데 라이벌이 생겼다. 분위기로 보아 여대생인데, 그것도 같은 대학에 다니는 것 같았다. 얘기하는 일은 없지만 쉬고 있으면 내 옆을 앞질러 간다. 꽤 빠르다. 게다가 거기서 도로 앞지르면 마치 경쟁하듯이 속도를 높인다.

"......................."

"......................."

말없이 마주 보는 가운데 열변을 토하는 건 속도를 더하는 발뿐.

매일 만나는 건 아니지만 스쳐 지났다 하면 무의미한 다툼이 시작되고 말았다.

대학 생활도 별 탈 없이 보냈다. 그리고 아무 진전도 없었다.

나이만 먹어 가는 감각이 커져서 조바심 같은 게 감돌았다. 그런 게 커지는 시기에는 항상 좀 무모할 만큼 달렸다. 땀을 흘려 녹초가 되면 머리를 굴릴 여유도 사라져서 잠시 해방된다. 창피함도 잊고 땅에 누우면 조금 기분이 좋았다.

"용케 질리지도 않고 달리네."

세리의 신랄한 한마디가 지금까지의 내 모든 것을 이야기해 주었다.

환상의 그녀도 고등학교를 졸업하고 나서는 사복으로 돌아와 있었다. 그리고 대학을 졸업할 무렵에는 정장을 입고 뛰어다니게 되었다. 그녀도 취직이 된 것 같아 안심했다.

어찌 된 걸까 싶어서 가끔 진지하게 머리를 감싸 쥘 것 같지만.

깨지 않는 꿈을 언제까지 꿀 수 있을까, 꿀 작정일까.

결단이 나지 않은 채 사회에 나간다.

'취미는 달리기로⋯. 아⋯ 아니, 발이 빠릅니다.'

'우리 회사에도 꽤 빠른 사원이 있는데, 그보다 더?'

'아마도 그럴 겁니다.'

면접에서 그런 일이 있었고, 이겼더니 훗날 채용되었다.

말해 두는데 육상 선수가 아니라 일개 사원으로서다. 그래서 그 경쟁의 결과와 관계가 있는지 어떤지는 알 수 없다. 어쨌거나 저쨌거나 취업 준비생으로 남지 않을 수 있어서 다행이었다.

세리도 같은 회사에 지원했지만 결국 다른 회사에 취직했다. 대학을 졸업하고도 거처를 바꾸는 게 귀찮아 그대로 세리와 함께하는 생활이 이어졌다. 세리는 그 후 한 번도 밤중에 잠자리로 들어오지 않았다. 물어보면 괜히 더 꼬일 것 같았기에 나도

소녀 망상 중. **55**

신경 쓰지 않기로 했다.

이러저러하는 사이 어느덧 사회인이 되었다.

처음 큰 역에 나갔을 때는 경악했다.

이렇게 사람 많은 장소의 어디를 전력으로 달려야 하나 해서.

당황하고 말았다.

하지만 도시란 편리하여 전철이 대신 달려 주었다.

당연하지만 일은 힘들었다. 업무 내용을 동경하여 취직한 게 아니므로 괜히 더 그렇게 느끼는 건지도 모른다. 솔직히 고통스러운 일도 많았다. 자유 시간은 거의 없고, 좁은 빌딩이라서 달려 봤자 금방 벽에 이마를 부딪치고 만다. 애당초 좁기 때문에 달릴 필요도 없었다.

밤이 찾아온 회사에서 터벅터벅 역까지 걸었다.

"흐음."

전철에 탔다가 지하철로 갈아타고 역에서 집까지 걸었다.

그리고 집에 도착하여 신발도 벗지 않고 복도에 벌러덩 누운 후, 어른이란 달리지 않는 것임을 깨달았다. 애당초 신발부터가 달리기를 고려하지 않은 것이었다. 바닥에 뒹군 채, L자를 그리며 천장을 향한 발끝을 멍하니 보고 있는데 문이 열렸다. 세리가 돌아온 참이었다.

"문도 안 잠겨 있다 했더니…."

세리가 허리에 손을 얹고 탄식했다. 대학에 들어간 뒤로 기르기 시작한 머리는 어중간한 길이를 뛰어넘어 제법 그럴싸해져 있었다.

"어서 와~"

벌러덩 누운 채 인사했다. 발목을 까딱까딱 흔들어 손 흔드는 것을 대신했다.

"저기."

"응."

"방해돼."

"응."

바닥의 냉기에 뺨이 시원했다. 그러나 차츰 사라졌기에 조금 비켜 누웠다.

사삭사삭 도룡뇽처럼 기었다.

"크헉."

세리에게 밟혔다. 엉덩이부터 등까지 차례로. 이나바의 흰 토끼 이야기*를 연상했다.

※이나바의 흰 토끼 이야기 : 일본의 신화로 흰 토끼가 오키 섬에서 이나바로 가기 위해 상어들을 속여 그 등을 밟아 건너는 내용으로 시작된다.

머리는 밟지 않았으니 세리는 착하다고 생각하고 있는데, 갑자기 세리가 소스라치게 놀란 얼굴이 되었다.

"저기, 왜 울어?"

그 말에 비로소 바닥에 물방울이 떨어졌음을 알았다. 부드러워서 땀은 아닌 것 같았다.

왜 이러는지 눈 속에 캐물으니 답은 금방 찾을 수 있었다.

"밟힌 게 아팠거든."

"거짓말하네."

우에헤헤헤 웃는데 세리가 뜸을 들이다가 쭈그려 앉았다.

"정말이야?"

"아니 아마도, 거짓말."

별일 아니라며 일어섰다. 뺨을 타고 흐르는 차가운 것은 닦으니 금방 사라졌다.

"봐, 이제 눈물 안 나와."

얼굴을 보이자 세리는 말똥말똥 내 눈을 들여다보고.

그러고는 곤란한 상황에서 어떻게 반응해야 할지 망설여지는 듯 웃었다.

내 눈물의 이유는 알고 있었다.

새롭게 다가오는 현실에서는 그녀와 함께 있는 시간이 줄어

들어 간다.

그게 무서워서 울었을 뿐이다.

휴일이 되면 뭔가에 홀린 것처럼 달리러 나갔다.

협박당하고 있다고나 할까 업무랄까 사명이랄까, 오만 가지 것에 구속되고 강제되는 기분이었다. 세리가 아무리 걱정해도 발은 멈추지 않는다.

시市의 작은 운동장에서 혼자 이리저리 뛰어다녔다. 그날은 그녀가 좀처럼 모습을 보여 주지 않았다. 컨디션이 별로인가 싶어서 숨을 고르며 발 상태를 살폈다. 별반 다르지 않은 것 같았다.

5월이 시작된 뒤로 햇살은 강해져만 간다. 여름보다 습기가 적어서 빛이 날카롭게 느껴졌다. 구름은 적어서 빛이 강해진 태양을 가릴 것은 없었다. 운동장에 진 그림자가 축 늘어져 보였다.

목마름에 허덕이면서 침침해지려는 눈을 비볐다.

요즘에는 위험한 생각도 한다. 예를 들어 벼랑으로 전력 질주하면 어떨까, 라든지.

깎아지른 낭떠러지, 바다 저편을 가리키는 벼랑으로 달려가면 그녀는 멈추어 서지 않을까. 그렇게 되면 그녀를 따라잡을 수 있다. 그 어깨에 닿을 수 있다. 냉정해지면 위험한 생각이 몇 개나 떠오른다. 신경 써서 자제하지 않으면 선뜻 실행에 나서고 말 것 같았다.

이제부터 달리지 않는 시간이 늘면, 뒤처질 것이다.

뒤처지면, 그녀가 멀어질 것이다.

좋든 싫든 간에 악순환에 애가 탔다.

달리지 않는 나도, 그녀를 만날 수 없는 나도 안타까웠다.

꿈에서 계속 놀아나는 것 같아서, 답답하다.

내가 원하는 현실은 환상처럼 얄팍한 것이었다.

수면 부족의 몸이 묵직하게 느껴진다. 이것 때문이라고 그녀를 만나지 못하는 이유를 추측하며 머리를 쥐어짜듯이 머리카락을 쓸어 올렸다. 온도가 올라가면 머리카락 길이가 거추장스러워진다. 언젠가 자르러 가야겠다고 생각한 지 벌써 10년, 결국 제대로 손질하지 않은 채였다. 그래도 머릿결은 곧잘 칭찬받곤 했다.

피로 따위는 기합이나 사랑으로 극복하자며 상반신을 앞으로 숙인 채 달렸다.

가속하기 직전, 무언가를 두려워하듯 허리가 한 번 떨렸다.

두통 같은 하중을 떨치고 더 빠르게 달렸다.

여기서 최고 속도를 의식하여 세게 땅을 찼다.

그 마지막 한 발은 정말 가벼웠다.

무릎 아래가 쑥 빠진 것처럼.

갑자기 몸이 떴다. 단계를 밟아 허공을 차고는 앞으로 기울어 가는 것을 천천히 느꼈다.

처음에는 걸려 넘어진 줄 알았다.

그러나 낙법도 온전히 취하지 못하고 엎어져서 오른발을 내 것이 아닌 것처럼 멀게 느꼈을 즈음 이변을 깨달았다. 고개만 움직여도 오른쪽 무릎이 격통에 싸여 눈물이 쏟아졌다.

아으으, 으으, 하는 탁한 비명이 들렸다. 아랫니가 전부 흔들리고 있었다.

몸 어디를 움직이든 다리가 아팠다. 아픔이 용소*처럼 오른쪽 다리로 흘러 모인다.

침도 흐르게 놔둔 채 까무러쳐서 온 얼굴에 비지땀을 뒤집어 썼다.

※용소(龍沼) : 폭포수가 떨어지는 바로 밑에 있는 깊은 웅덩이.

아무도 말을 걸지 않고 도와주는 그림자도 없이.

그녀 또한 어디론가 사라져 버려 홀로 신음했다.

온몸에 균열이 가서 그대로 산산이 부서지는 느낌마저 들었다.

전에 세리가 물어본 적이 있다. 구직 활동 당시였을 것이다.

'하고 싶은 일 같은 거 없어?'

없었다. 어렸을 적 꿈이라도 좋다고 세리는 말했지만, 돌이켜 보면 내가 꾼 꿈이라고는 그녀와의 일밖에 없었다.

유아기에 꾸는 천진난만한 꿈을 나는 그녀와 만남으로서 모두 빼앗기고 말았다.

여러 가지 의미에서 그녀는 내 꿈이었다.

그리고 어렸을 적 꾸었던 꿈은 현실에 적응하는 사이 빛바래 간다.

세리야말로 기억하고 있는지 물었더니 어쩐 일인지 얼굴을 붉히며 입을 다물어 버렸다.

보면서 왠지 모르게 알아차렸다.

그 무렵이 되니 세리가 날 어떻게 생각하고 무엇을 바라는지 정도는 알 수 있었다.

나 자신이 여자아이의 뒤꽁무니만 쫓아다니고 있기 때문일
까.

대학에 다닐 무렵 세리는 남자들에게 꽤 인기 있었기에, 그
럴 마음만 먹었으면 전병 봉지에 손을 집어넣는 것만큼이나 가
뿐하게 남자를 잡아 올 수 있었을 것이다. 잘하면 여자도 걸려
들었을지 모른다. 하지만 세리는 누구와도 사귀려 하지 않았
다. 그리고 나를 보고 있었다.

내게도 그럭저럭 접근해 오는 사람이 있었다. 어디까지나 그
럭저럭이었다.

'난 별로 예쁘지 않은가.'

거울 앞에서 고개를 갸우뚱하는데 세리가 '그렇지 않다고 생
각해.'라며 옆에서 끼어들었다.

'어, 무슨 소리야?'

'그야 아오는.'

거기서 세리가 입을 다물었다. 신경 쓰이는 데서 자르다니 기
막힌 말솜씨다.

'나는?'

'뭘 보는지 알기 힘들잖아.'

세리가 매운 것을 입에 대듯이 얼굴을 약간 숙이고 말했다.

'으~음… 초점이 나갔다는 거야?'

'…그걸로 됐어.'

되지 않았다. 조심하자고 생각했다.

그리고 잠시 생각해 본 후 납득했다.

나는 그녀를 쳐다보고 있다. 보이지 않더라도 어딘가에 있을 거라는 생각에 뒤쫓고 있다. 사정을 모르는 주위 사람들에게는 그로 인해 시선이 이상한 녀석으로 보여도 어쩔 수 없었다.

지금까지는 주위 반응도 그리 개의치 않고 살아왔다.

하지만 짊어지는 게 늘어 가면 계속 그녀를 쫓기란 힘들다.

그녀는 어디 있을까.

내 밖에 있을까. 아니면 안에 있을까.

수없는 고민에 아직도 답을 내지 못했다.

"부러졌으니까 열흘은 회사 쉬라더라."

매달린 오른발을 쳐다보면서 세리가 차갑게 말했다.

"어라라."

경험한 적이 없는 아픔이었기에 심각하려나 했는데 역시나였다.

"입원하는 거 처음이야."

첫날부터 싫증 나려고 하는 병실에는, 나 말고도 건강해 보이는 사람들이 침대에 드러누워 있었다. 놓여 있는 꽃에서 향기가 희미하게 감돈다. 다른 꽃병의 꽃을 쳐다보고 조금 부러워졌다.

내 병문안을 와 주는 사람은 세리뿐이리라.

"너는 항상 뭘 쫓고 있는 거야?"

세리가 깍지 낀 손가락으로 턱을 받치면서 눈을 가늘게 뜨고 물었다.

나를 나타내는 적확한 표현이라 조용히 놀랐다.

"그래 보여?"

"그래 보였어. 계속."

세리가 눈을 돌렸다.

"줄곧 보고 있었으니까. 아오는 날 보고 있지 않았지만."

"…응."

그건 아마, 알고 있었을 것이다. 천장을 보며 눈을 감았다.

새까만 어둠에 하얀 것이 뻗친다.

다리가 부러졌을 때의 격통이 뿌리처럼 퍼져서 균열을 일으킨다.

이것이 닿지 않는 사랑의 아픔일까. 그런 걸 생각하고 말았다. 너무 쫓았더니 마음의 아픔으로 그치지 않았다. 물러날 때를 몰라 험한 꼴을 보고 말았다. 결과가 과거형으로 서술된다.

어린아이가 불의 뜨거움을 알고 영리해지는 듯한… 그런 감각이다.

환상을 보는 여자가 매사를 정상적으로 판단하여 배워 나갈 수 있을지는 둘째 치고.

눈을 떴다. 병원의 새하얀 천장이 마른 눈을 적시는 느낌이었다.

그리하여 배어난 것이 시야에 막이라도 친 듯 어스름하게 부예졌다.

"다리가 나아서 안정되면 쉬는 날에 어딘가 갈까?"

세리가 나를 보았다. 먹이를 내밀자 야생 동물이 경계하는 듯한 몸짓이다.

"어디에?"

"세리가 가고 싶은 곳이면 좋아. 가까워도 좋고, 아예 여행이라도 좋지."

"비위 맞추는 거?"

"응."

솔직하게 답했더니 세리는 "노골적이야." 하며 넌더리를 냈다.

"어디든지?"

"어디든지."

"세계 일주라도?"

"그런 돈 없는데."

심술이 가득한 고지식한 대답에 세리가 웃어 주었다.

"생각해 둘게."

그렇게 대답한 세리가 만족스럽게 눈을 감고 어깨를 들썩이는 것을 보면서.

작게, 한숨을 쉬었다.

그 후로 긴 무료함을 거쳐 퇴원했다.

하지만 진짜 고생은 그때부터였다. 통근은 역까지 택시로 간 후 겨드랑이를 목발에 쓸려 가며 기를 쓰고 이동하지 않으면 안 되었기에 정말 난감했다. 발을 빨리 움직이는 것도 아닌데 체력이 평소의 몇 배는 소모된다. 기진맥진하여 얼굴을 든 끝에 펼쳐지는, 많은 사람이 자아내는 풍경이 꿈의 일부 같았다. 눈의 침침함은 아무리 닦아도 떨쳐지지 않았다.

회사에서는 이런저런 소리를 들었다. 상사에게 죄송하다고 했더니 열흘이나 쉰 것에 대해 직접적으로 말하지는 않았지만 에둘러 푸념했다. 설교를 마치자 일이 쌓였다면서 가차 없이 일을 시켰다. 이런 것도 꿈이면 좋을 텐데 앉은 의자와 책상은 딱딱했다.

그녀를 바란 대가는 크다. 게다가 내 수중에는 아무것도 남지 않았다.

주먹을 쥐어 무릎에 얹었다.

또다시 다리가 부러질 만큼 무리했다가는 많은 사람에게 폐를 끼친다.

달리지 않으면 다리도 좀처럼 부러지지 않을 것이다.

회사에서 차가운 시선을 받지 않을 테고 통근도 편하고.

휴일에 녹초가 되는 일도 없고.

세리에게도 혼나지 않을 것이다.

그녀를 잊으면 생활은 순조롭게 돌아간다.

싫은 '현실'을 알고 말았다.

의식의 거품 같은 것이 터져서 정신을 차렸다가 산에 있는 나를 발견했다.

　나뭇잎과 흙의 축축한 냄새가 코에 흘러들었다. 뒤이어 서늘
한 산의 냉기를 들이마셨다.

　장마 전이라 하기엔 습기가 적은 공기가 탁해져 있던 폐를
휘저었다.

　"아오."

　이름이 불리고 옷소매가 당겨졌다.

　"왜?"

　"또 멍하게 있었어."

　옆을 걷는 세리가 주의를 주었다. 화를 낸다고 하기에는 날카
롭지 않고 부드러운 데가 있었다.

　"그 말 자주 듣네."

　"늘 들으면 고쳐 보지?"

　"노력해 볼게."

　그러나 의식하지 않을 때 넋이 나가는 것일 테니, 어떻게 고
치면 좋을지 알 수가 없었다.

　휴일, 전에 약속한 대로 세리와 밖에 나와 있었다. 이곳 외에
도 여러 곳에 갔었는데 오늘은 산으로 잠시 놀러 왔다. 그런 걸
점점 떠올렸다. 여기까지 버스로 이동하는 동안 조금 잤기 때

문에 약간 기억이 애매한 것인지도 모른다.

"다리는?"

비탈을 앞에 두고 세리가 걱정스럽게 물었다.

"괜찮아. 움직여, 움직여."

다리를 앞뒤로 가볍게 흔들었다. 발목 아래가 못 미더울 정도로 덜렁덜렁 경박하게 흔들렸다.

오랜 시간 동안 받은 물리치료 덕분에 다리는 나았고 걸을 수도 있었다.

하지만 달리는 감각을 잊어버렸다.

그리고 부러졌을 때의 아픈 기억이 가로막고 있는 듯, 떠올릴 수가 없다.

등산 도중에 있던 휴게소에 들렀다. 체력이 떨어져 힘들다고 외친 건 세리였다.

"넌 숨도 헐떡이지 않는구나."

"응. 잘 자서 그런가?"

지금껏 뛰어다니던 시간이 수면 시간으로 전환되어 건강해졌고.

육체 회복과 반비례하여 현실은 비몽사몽이었다.

산에서 난 어쩌고저쩌고를 사용한 아이스크림을 둘이서 먹었다. 마련된 파라솔 아래 자리에 앉았는데 근처에서 큰 벌이 날아다녀 식겁했다. 나는 몸만 젖혔으나 세리는 자리까지 떠 가며 도망치려고 했다. 벌이 먼 곳으로 날아가자 세리가 아무 일 없었다는 듯 자리에 돌아온 후 작게 헛기침했다.

"아이스크림 엄청 맛있네."

"어휘력이 중학교 때와 다를 바가 없구나."

중학생이라…. 달리고, 그녀 그림을 그리고, 그런 것만 했었다.

그녀를 그리는 일은 완전히 뜸해졌다. 오히려 지금이야말로 그녀를 그려 아름다운 추억으로 장식하는 게 하나의 즐거움일지도 모른다.

꿈의 끝을 형상화한다.

남는 건 적요인가 회고인가.

옛일 따위는 돌아보면 거의 달린 기억밖에 없다.

그런 내 뒤를 쫓아온 아이가 눈앞에 있다.

"세리."

이름을 불렀다. 셋짱이라고 부를까 말까 잠시 망설였다. 그러나 눈앞에 있는 사람은 이제 어른이다.

"어렸을 적 꿈, 이루어졌어?"

일부러 내용을 상세히 묻지 않았다.

맨 처음, 세리는 말문이 막혔다. 반발로 뺨을 부풀렸지만 그것을 천천히 삼켜 내리듯,

"응."

어린아이처럼 솔직하게 인정했다.

그로써 겨우 만나기로 한 약속 하나를 이룬 심정이었다.

뭐, 깔끔한 마무리라는 생각에 나도 아주 싫지는 않았다.

그럴 터였다.

"⋯⋯⋯⋯⋯⋯아."

어라, 어라, 어라, 하며 무심결에 내려다볼 뻔했다.

"아오?"

"…아냐, 아무것도."

못 본 척했다. 그렇지만 얼굴을 들어도 떨림은 전해져 왔다.

어쨌든 내 몸이니까.

"잘됐다."

그렇게 명랑하게 대답한 테이블 아래에서는.

두 발이, 눈물을 흘리듯이 떨고 있었다.

더위에 서서히 침식되어 가며 눈을 떴다.

목욕물에 잠겨 있는 느낌이었다. 평형감각에 누가 장난이라도 쳤는지 바닥이 흔들린다.

떠도는 듯한 시간에 농락당한다.

잠잠해졌을 즈음 이명도 조금 멎었다. 일어나 앉으니 커튼 틈새로 새어드는 볕은 약했다. 머리맡의 시계를 확인하니 일찍깨 버린 모양이었다. 회사에 갈 준비조차 아직 일렀다. 옆 이부자리에서 자는 세리는 눈을 감고 있었다.

이불 위에 앉은 채 멍하게 있다. 무엇을 하면 좋을지 생각나지 않는다. 예전의 나라면⋯ 현관으로 눈을 돌렸다. 오른 다리를 어루만지고 일어섰다.

소리가 나지 않게 신발을 신고 밖으로 나왔다. 여름에는 해가빨리 떠서 다행이다.

맨션 계단을 내려가는 도중 발밑을 확인하듯이 내려다보았다. 걷는 것에 대한 위화감은 이미 사라져 있었다. 위화감을 잊는다는 것도 왠지 모순된 이야기다. 당연히 잊어버리는 편이좋다. 하지만 잊는다는 말은 그 자체로 부정적으로 느껴진다.

밖으로 나가 비탈길을 걸었다. 근무지 근처 공원은 수목으로에워싸여 그쪽에서는 매미 울음소리를 들을 수 있을 것이다.

주택이 많은 이 부근에서도 이제 곧 지겹도록 들을 수 있을 것이다. 빠르다고 느꼈다. 생각해 보면 어제는 봄이었던 것 같고, 지난주 즈음에는 아직 겨울 추위에 몸을 떨었던 것 같았다. 지나온 세월을 존경하는 마음이 충분하지 않았다.

이런 식으로 시간을 소홀히 하는 사이에 죽어 가는 걸까 싶어 막연히 불안해졌다.

걷는 도중, 운동화를 신고 온 것을 깨달았다. 산책을 하는데도 옆에 있는 샌들이 아니라 운동화를 신는다. 언제 달리고 싶어져도 문제없도록 해 온 습관의 흔적이었다.

비탈 끝을 쳐다보았다. 오르막길을 전력으로 오를 기력은 솟아나지 않았다. 보행 물리치료는 했지만 부러진 마음에 대한 물리치료는 하지 않았다. 초조함이 돌지만, 그것을 따르려는 의지가 결여되어 있었다. 그저 걸어서 비탈 끝까지 오른다.

그녀를 몇 달이나 안 봤을까. 아직 그곳에 있을까?

오른발을 크게 들었다. 그대로 포장된 아스팔트에 세게 내리칠 경우를 생각하니 등골에 차가운 게 흘렀다. 달리기를 피하는 이유는 두려움일까, 환각을 쫓는 것에 대한 허무함일까.

살짝, 소리가 나지 않게 발을 도로 땅에 놓았다.

그랬더니 얇은 천이라도 들씌워진 듯 무언가가 등 뒤를 덮쳐

왔다.

꿈에서 깼을 텐데도 올려다본 하늘은 불안정했다.

피콕블루 하늘에는 노란색이 섞이고, 멀리서 흘러온 구름이 태양을 감쌌다. 넓게 번지는 것이 나의 어수선한 마음을 엿보는 듯했다.

나무도 없는데 어디서 매미 소리가 들려온다. 그런 느낌이 들었다.

환청인지 진짜인지 구별되지 않았다.

입원할 즈음부터 아무래도 의식에 막이 쳐진 느낌이다.

확실한 현실에 있는데도 꿈을 헤매는 것 같았다.

이제는 누구와도 스쳐 지나지 않으니 괜히 더 공허한 기분이 드는지도 모른다.

그런데, 그런 내면의 목소리에 대답하듯이 경쾌한 발소리가 내 옆을 지나갔다. 눈으로 좇고는 작게 "아." 하고 중얼거렸다. 대학 시절, 자주 스쳐 지나던 여자아이였다. 아니, 이제는 서로 아이라고 불릴 나이도 아닌가.

지금도 스쳐 지나는 역할 담당인지 나를 가볍게 앞질러 갔다. 이름은 모르지만 그 머리 모양이 건재해서 바로 알았다. 왼쪽으로 머리를 묶은 좌우 비대칭 모양은 왠지 모르게 인상에 남는다.

아직 달리고 있다고 생각하면서 보내려 했다.

하지만 그 인상적인 쪽이 딱 멈추었다. 그리고 후진했다. 뒤로 달려서 내 옆에 나란히 선다.

왜, 왜 이러나 싶어 살짝 경계하면서도 말없이 반응을 기다렸다. 이제껏 서로에게 말을 건 적은 한 번도 없다. 가볍게 땀을 낸 앞지르기 담당 여자가 나를 바라보면서 입을 열었다.

"안 달려?"

목소리는 외모에서 느껴지는 분위기를 크게 배신하지 않고 차분했다.

"아, 응…. 다리가 부러져서, 그 후로는 잘."

"흐음."

물어본 것치고 대답은 별 흥미가 없다는 느낌이었다. 뭐, 거의 처음 이야기하는 상대이니 사정 따위는 알 바 아니겠지. 그건 이해하지만 그러면 왜 묻는 걸까.

왠지 모르게 그 상태로 나란히 걸었다. 아는 사이라고 할 정도도 아니고 화제도 별로 없고. 어디까지 걸어가면 좋을까 고민하면서 비탈을 내려가 낯익은 길로 나왔다. 대학 근처 길이다.

지금은 지하철 역 쪽에만 볼일이 있기에 이제 이쪽으로 다니는 일은 별로 없다. 본가 주변에서 멀어지고 그다음은 대학에서 멀어진다. 움직임이 없는 듯하면서도 소재지는 이동한다.

"…으~음."

뭐라도 이야기하는 게 좋을까 싶어 슬쩍 보니 쾌속 질주 담당 여자는 때마침 지나치게 된 주차장을 보고 있었다. 부동산 가게의 인적 없는 주차장을 쳐다보는 눈동자는 감격스러운 듯 아련하게 젖어 있다. 즐겁지만은 않은 무언가가 있었다.

"왜 그래?"

그녀의 차라도 세워져 있느냐고 물어보자 상쾌함 담당 여자가 눈을 감고 잔잔하게 미소 지었다.

"깨끗해진 것 같아서."

"깨끗?"

무슨 소리인가 싶어 고개를 갸우뚱하려던 찰나, '아아, 그러고 보니.' 하고 떠올렸다. 꽤 오래전, 운석이 낙하했다고 난리가 났던 게 틀림없이 이 부근이었으리라. 한동안 이런저런 사람들로 북적거리는 바람에 이동이 불편하여 세리가 불평하곤 했던 것 같다.

"운석 좋아해?"

스스로도 이상한 질문이라고 생각했다. 질문을 받은 쪽도 살짝 당황스러워하는 게 전해져 왔다.

"좋아한다기보다… 이래저래 일이 많았거든."

"아… 이래저래."

운석과 관련하여 이래저래 일이 많다니, 희한한 사람이다.

주차장을 지나고 나서 발 빠름 담당 여자가 나를 보았다. 일단 눈을 피했다가 다시 봤다가 하면서 다소 쑥스러운 기색을 보이면서도, 그 가슴속에서 넘쳐흐르는 것을 정면으로 받아들이듯 말과 태도를 꼬지 않았다. 눈가에는 깊고, 입가에는 얕은 주름을 잡으며.

"운명적인 만남이라는 게 있었어."

의외의 표현이 나와서 어안이 벙벙해졌다.

"어…."

놀람 반, 감탄 반.

겁내는 일 없이 운명을 느낄 만한 상대.

얼마만큼 소중한 관계일까.

운석과 관련된 엄청난 만남. 우주인이라도 만난 걸까. 에이, 설마.

"아니, 당시에는 정신이 없어서 그런 거 의식 못 했었는데,

나중에 돌아보니, 아아, 그런 거였을까 하는 생각이 문득… 들더라고."

또다시 좀 쑥스러워졌는지 추월 담당 여자가 살짝 **빠른** 어조로 설명했다.

"그 상대와는 잘됐어?"

가볍게 묻고 말았지만, 상대의 웃는 얼굴에 희미하게 섞인 그늘을 보고 실언이라고 생각했다.

"글쎄… 친구가 되었는지도 잘 몰라. 하지만 그 만남은 평생 잊지 않을 거고, 잊고 싶지 않고, 게다가… 뭐, 됐어. 아마 이제 두 번 다시 만날 수 없을 거라고 생각해."

마지막에는 허리에 손을 얹고 위를 보며 그렇게 말했다.

"…그렇구나."

자세한 사정은 물을 수 없지만, 이별을 이야기하는 그 목소리가 부정적인 것으로 들리지는 않았다.

비록 끝이 있을지라도, 무언가 시작되었다는 것만으로도 부럽다.

나는 그녀와 아직 시작조차 하지 않았다.

"안 달려?"

아까와 같은 질문이 날아왔다. 질주 담당 여자는 느릿하게 걷는 것에 슬슬 질리는 모양이었다.

"음… 고민 중이거든, 이래저래. 어쩌면 이제 달리지 않을지
도 몰라."

스스로 말하면서도 말이 붕 떠 있는 느낌이었다.

목소리가 귀에 들어오지 않는 듯했다.

"그건, 아깝게 됐네."

아침에 달리는 역할 담당 여자가 뜻밖의 감상을 말했다.

"앗, 어째서?"

"뭐랄까, 달리는 자세라고 할까… 그런 게 독특했거든."

뜀박질 담당 여자가 얼굴을 훅 앞으로 내밀었다. 뭐야, 그거,
설마 내 흉내인가.

"뭔가를 계속 쫓는 느낌이 들었어."

"……………………."

세리도 했던 말이다. 나는 그렇게 알기 쉬운 얼굴을 하고 있
나.

뒤돌아본 그녀도 내 그런 얼굴을 재미있어 했을까.

스쳐 지났을 뿐이지만 잘도 봤구나.

속도 담당 여자에게 약간 흥미가 생겼다.

"넌 어떤 일을 해?"

수건으로 코끝을 훔치면서 땀을 흘리지 않는 역할 담당 여자가 대답했다.

"선생님."

"호오."

"국어 선생님이야. 뭔가를 가르친다는 거, 의외로 즐겁거든."

그 여교사의 표정은 명랑하여, 과연 확실히 즐기고 있구나 하고 납득이 되었다.

"선생님을 해야겠다고 생각한 이유도 조금 전 얘기와 관련 있거든… 그래서, 운명이랄까. 평생을 좌우하는 만남은 되지 않았을까."

손짓을 섞어 그런 심정을 토로한다. 운명이라는 말이 예상 외로 마음에 와닿았다.

"운명이라… 좋지, 그런 거."

나도 좀 맞닥뜨려 보고 싶다.

…만나 보고 싶다.

만나 보고 싶다!

정신을 차려 보니 어금니를 악물고 있었다.

시선을 바꾸어 진정하라며 마음을 추스르고, 계속 안 보는 척해도.

그런 거겠지, 하고 인정할 수밖에 없다.

포기했다는 건 당연히 표면상이고.

그녀에 대한 미련이 철철 넘쳤다.

그리고 그녀를 만나기 위해 내가 할 수 있는 일.

그것은 결국.

"괜찮아?"

걱정 담당 여자가 얼굴을 들여다보며 걱정한다.

"뭐가?"

"계속 멍하니 있는 느낌이라."

"응? 응…."

이것도 꿈의 하나인가 싶을 만큼 멍해졌다.

"힘껏 달리면 후련해질지도 몰라."

의도하지 않았겠지만 나를 둘러싼 것에 대한 최선의 답이었
다.

분명 그것만으로도 전부 한꺼번에 가져 버리겠지.

"…그러게."

귓속에서 경쾌한 발소리를 들었다. 몸에 밴 두 명분의 발소
리가 먼 곳으로 달려갔다.

"조금 전의 만날 수 없다던 상대… 만나고 싶어?"

그녀는 한 박자 쯤을 들이고 나서 뺨을 긁적였다.

"그야 그렇지."

순순히 인정한다. 그렇겠지, 하며 앞을 향했다.

그럴 게 뻔했다.

"그럼, 슬슬 가야겠다."

대학교 앞 부근까지 왔을 즈음, 방치 담당 여자가 양해를 구했다.

"응."

막을 이유도 없다. 수건을 넣는 역할 담당 여자를 바라보는데 문득 묻고 싶어졌다.

"저기, 달리는 거 좋아해?"

빠름 담당 여자는 잠시 생각하더니.

"글쎄."

피한 시선 그대로 작게 고개를 갸웃했다.

"하지만 건강에는 신경 써, 장수하고 싶거든."

"호오."

그런 목표를 명확히 말하는 사람과는 그다지 만날 일이 없다. 특히 젊었을 때.

인간은 나이를 먹고 나서 장수하고 싶어 하는 법이다.

"장수라면, 얼마나 예상하는데?"

농담 반으로 여쭈어본다. 하지만 그녀는 생각보다 진지한 표정이었다.

"글쎄… 110살 정도까지는 살아 볼까."

그렇게 말하는 그녀의 눈동자는 정면에서 빛을 받아 무지개처럼 복잡하게 빛났다.

"그럼 이만."

러닝 담당 여자가 인사와 발걸음 모두 가볍게 달렸다. 육체를 둘러싼 많은 골칫거리를 개의치 않듯이, 혹은 털어 버리듯이. 작아져 가는 그 등을 그저 배웅했다.

"장수라… 아마 제일 어려운 목표겠지."

하지만 그 끝에 그녀가 바라는 것이 있을지도 모른다.

그녀 또한 무언가를 쫓듯이 달리고 있다… 그런 식으로 보였다.

그에 감화된 듯 발이 떨렸다.

떨고 있는 오른발을 힘껏 들어 땅을 세게 밟았다.

포장된 길은 꿈쩍도 안 했다.

그리고 내 다리도, 부러지지 않았다.

대지를 세게 밟은 발은 나를 단단히 지탱하고 있었다.

콸콸콸콸, 신나게 물이 쏟아져 나온다. 본가와는 또 다른 맛과 냄새가 나는 수돗물로 몇 번이고 세수를 한다. 땀을, 때를 씻어 낸다.

눈을 에워싸듯 눈가를 따라 손가락을 강하게 옆으로 놀렸다.

살갗이라도 터진 듯 날카로운 아픔 속에서, 흩어져 있던 것들이 다발이 되어 뭉친다.

"좋았어."

얼굴을 손바닥 사이에 끼워 때렸다. 그 자극에 눈 윤곽이 저릿해지고, 확고해졌다.

머릿속을 떠나지 않던 매미 소리도 들리지 않게 되었다. 귀를 타고 흐르는 건 어지럽게 맴도는 혈류 소리뿐.

위팔이, 쫙 편 등이, 목 뒤쪽이 감지된다.

가까스로 꿈에서 빠져나온 듯 의식이 또렷해졌다.

제일 괴로운 일이 뭐라고 생각하나요.

초등학교 선생님이 칠판 앞에 서서 그런 질문을 했었다.

매미가 울지 않게 된 시기였다고 생각한다.

아직 어렸던 우리들은 저마다 적당한 대답으로 받아쳤다. 마라톤, 숙제, 다치는 일. 뭘까… 하고 나는 생각했었다. 딱 떠오르지 않았던 것으로 보아 그때는 아직 괴로운 일을 겪지도 않았던 모양이다. 그저 부러웠다.

그로부터 조금 소란이 가라앉았을 즈음, 맑은 목소리가 났다.

소중한 사람과 따로따로 떨어지는 일.

다른 학생보다 조금 머리가 좋고 어른스러운 여자아이가 그런 말을 했다.

선생님이 온화한 표정으로 수긍했다. 자연스럽게 교실의 이목은 그 여자아이와 선생님에게 집중되었다.

모두의 아버지와 어머니, 사이좋은 친구, 형제. 애완동물도 그럴까요. 지금은 즐겁고 모두들 건강할지 몰라도 그건 언젠가 반드시 끝나지요. 잠시 생각해 봐요. 소중한 사람이 모두 사라지고 그런 순간을 피할 수 없다는 것의 의미를.

그 말을 듣고 모두가 정말 생각했는지 어떤지는 알 수 없다.

나는 생각하면서도 멍해졌다.

그러나 여자아이들 중 몇 명은 울었다. 바로 얼마 전에 애완동물을 잃은 아이도 우는 모습을 보았다.

학생을 몇 명쯤 울리고도 선생님은 계속 차분했다.

말하는 내용이 어쨌든 꽤나 하드한 선생님이었다.

어린애 취급하지 않은 것인지도 모른다.

제일 괴로운 일로부터 도망칠 수 없는 게 인생이랍니다.

그러니 매일을 좀 더 소중히 하며 살아 보아요.

한계가 있는 시간 속에서 행복한 추억을 가득 만들어 가요.

…뭐, 행복할수록 괴로운 경우도 있지만.

선생님은 마지막으로 그렇게 중얼거렸다. 어쩐지 먼 곳을 보는 눈이었다.

나도 자주 그런 말을 듣기에 무엇을 보는 걸까 의아했었다.

훗날 그런 수업을 해서 아이를 울렸다고 어떤 부모가 항의를 해 왔다.

선생님은 진지하게 사과했지만, 나중에 혼자 남았을 때 '진짜 괴롭다'라고 입방정 떠는 모습을 남몰래 보았다.

그리고 난 그녀를 만나고 싶다는 생각에 달렸다.

제일 괴로운 일에 따라잡히지 않도록, 힘껏.

"아오."

누군가 내 이름을 불렀다. 얼굴을 들려는 순간 반쯤 열려 있던 입이 닫히며 윗니와 아랫니가 부딪쳤다.

"크윽."

큰 소리가 왼쪽 귀로 흘러들었다. 그 순간 전철에 타고 있었음을 떠올렸다.

안내 방송이 목적지인 역까지 얼마 안 남았음을 알린다.

옆에 선 세리가 질렸다는 시선을 보냈다.

"선 채로 잘도 자는구나."

"거뜬해, 거뜬해."

"칭찬 아냐."

지하철 어둠을 바라보다가 어느새 잠이 들었던 모양이다.

오른손에는 손잡이 자국이 나 있었다. 손가락을 두세 번 구부린다.

"초등학교 때 꿈을 꾸었어."

그립다며 내용을 간추려 설명했다.

세리는 느릿하게 고개를 흔들었다.

"반이 달랐던 시기라서 몰라."

"아, 그랬지."

미안, 미안, 사과하고 돌이켜본다.

전철이 역에 도착했다. 지상으로 나간 후.

그러고는.

"저기."

당황한 세리의 목소리가 옆에서 들려왔다. 무슨 일인가 싶어 고개를 갸웃했다.

"왜 그래?"

"눈이 돌아와 있어서."

눈? 하면서 정면의 문을 들여다보았다. 그러나 역에 도착한 터라 어두운 장소가 없어서 유리에는 내가 비치지 않았다.

"아직 잠이 덜 깼다니까."

눈을 비볐다. 흐린 빛을 떨치고서 세리를 보았다.

"됐어?"

"…응."

세리는 애매하게 웃었다.

지하철에서 나와 긴 에스컬레이터를 타고 올라, 빛이 섞이는 곳으로 나왔다. 역 전등과 바깥의 빛이 좌우에서 들이닥쳐 좋든 싫든 간에 눈은 뜨여 갔다. 동시에 더위도 다시 시작되었다.

"덥네."

역 바깥을 향해 한창 구내를 걷던 중 투덜댔다.

"여름인걸."

"그러네."

단조로운 대화를 나눈다. 세리는 지긋지긋하다는 듯이 말했다.

"빨리 끝났으면 좋겠다."

"아직 시작된 지 얼마 안 됐어."

"그럼 시작되지 않아도 좋아."

"…그런가."

어떤 일이든 간에 시작되지 않는다는 건 괴로운 일이라는 생각이 들었다.

무엇을 생각하면 좋은지조차 알 수 없는 것이다.

역 밖으로 나왔다. 함께 나온 사람들의 흐름이 크게 둘로 나뉘었고 우리 역시 그에 따랐다.

나는 왼쪽으로, 세리는 오른쪽으로.

떨어지기 전, 세리가 내 발을 확인했다. 그리고 조금 안심한 듯 얼굴을 들었다.

아마 운동화가 아니었기 때문이리라.

"그럼 간다."

"응."

여느 때처럼 헤어졌다. 조금 나아가다가, 돌아보았다.

"세리."

가볍게 불렀는데 인파 속에서도 들렸는지 세리가 반응했다.

"일, 열심히 해."

"너야말로."

손을 흔들자 세리가 순간 어리둥절한 기색을 보인 뒤 마주 흔들었다. 어렸을 적에는 당연히 주고받던 인사다.

언뜻 떠올랐는데 자연스럽게 손이 움직였다.

여름의 아련하고도 날카로운, 시작의 햇살이 쏟아져 든다.

그 빛의 틈 사이에 매미 소리가 스며든다.

미안해, 라고 소리 내어 말했지만 이번에는 닿지 않았다.

"자, 그럼."

크게 후우우 숨을 뱉었다가 세차게 들이마셨다. 폐 청소가 끝났다. 가방끈을 팔에 휘감고 꽉 졸라맸다. 팔을 흔들어서 방해가 되지 않음을 확인하고 통근용 신발을 벗어 내팽개쳤다. 맨발로 땅에 내려서는 게 얼마 만일까.

발을 멈추지는 않아도 기이한 눈으로 보는 사람들의 시선이 옷 너머로 전해진다.

오른쪽 발바닥을 지그시 땅에 비볐다. 햇빛이 닿지 않으나 여름철이라 그런지 미지근했다. 달릴 수 없을 만큼 뜨겁지는 않아서 우선 안심했다. 정면, 벽처럼 펼쳐지는 무수한 등을 응시했다.

똑바로 달려서는 영원히 다다를 수 없다. 그러나 인파 속이라면 그녀도 힘들지 모른다.

따라잡을 수 있을지도 모른다.

어른의 상식을 무시하고 어린아이가 되어 달리면.

문제는 이런 장소에서 최고 속도에 다다를 수 있을지 여부였다. 해 보지 않으면 모른다.

전부 불투명하다. 할 수 있을지도, 할 수 있었다 해도 무엇이 있을지도. 모르기에 해 본다.

결국 달리기가 아니면 이어질 수 없다.

택해야 할 길은 하나밖에 없었다. 그것을 위해 누군가의 손을 뿌리쳤다 할지라도.

목덜미의 땀이 어는 듯 차갑다. 자라게 내버려 둔 머리카락이 소량의 바람에 흔들린다.

달리는 건 오랜만이라고 옛날에 누가 영화에서 말했었다.

확실히 어른은 달리지 않는다. 그래서 안정되지 않는다면 난 어른이 아닌 것이다.

거칠어져 가는 숨을 천천히 들이마셨다.

만남은 언젠가 올 이별의 시작이고.

괴로운 경험이 마지막에 기다리고 있어도.

그래도 난 만나기를 바란다.

그런 마음에 등 떠밀려 달리기 시작했다. 민폐가 한 명, 뛰었다.

사람의 등이라는 장애물을 종이 한 장의 차이로 피해 최대한 직선으로 갔다. 달릴 수 있을까 불안했던 오른발은 가까스로 주어진 무게와 가속도에 굶주려서 멋대로 몸을 앞으로 밀어내는 듯했다. 나아가야 할 전철 승강장 쪽 계단은 금세 지나가서, 빨라진다는 게 이런 것이었음을 소름과 함께 떠올렸다.

많은 등을 앞질러 간다. 고동과 함께 바람이 빨라진다.

공백을 가진 지 오래되었어도 피는 기억하고 있었다. 팔을 도는 피가 끓어오른다.

진동으로 착신을 알리는 전화기처럼 예고한다.

그녀가 온다고.

코끝을 간질이는 바람의 변화가 그것을 알리고, 그리고.

보였다.

그녀가 보였다. 그 사실만으로도 느닷없이 눈물을 흘릴 뻔했다. 통절하여 눈가가 옥죄어 고통스럽다. 쥐어짜인 눈물을 닦고, 지금 갈게, 하면서 사람들의 등을 어깨로 밀쳤다.

몇 달이나 멀어져 있던 그녀의 건재에 감사했다.

20년은 지속된 술래잡기가 질리지도 않고 오늘도 시작되었다.

어린이집 가방을 내팽개치던 그때와 지금의 내가 겹쳤다.

그녀도 곧게 달리지 못해 사람들을 피하느라 애를 먹고 있었다. 그녀가 땅에 발을 붙인 환각이라서 다행이다. 비겁하다, 미안하다, 하지만 따라잡고 싶다. 겸허한 척하면서 실제로는 그리 켕기는 마음도 없이 그저 순수하게, 가능할지도 모른다는 기쁨에 손발이 움직였다.

달리기를 잊었던 몸은 한 발… 아니, 두 발은 빨리 숨이 차오른다. 그녀가 애를 먹고 있을지라도 사라져 버리면 무의미하다. 속도를 늦출 수는 없으며, 힘이 다하기 전에 결판내지 않으면 안 된다.

땅을 밟는 발의 발가락까지 의식한다. 팔놀림과 호흡을 맞춘다. 지금껏 길러 온 것이 자연스럽게, 내 주법으로 몸을 조정했다. 호흡도 다소 안정되어 몸이 가속을 받아들인다.

큼직한 등을 옆으로 뛰어 통과하고 목을 내밀 듯이 앞으로 나간 끝에서 그녀의 등을 포착했다. 그 직후, 누군가의 팔꿈치와 이마가 부딪쳐 머리가 날아갈 뻔했다. 몸이 뒤로 딸려 가려고 했으나 뒤꿈치에 힘을 주어 감속하지 않았다. 솟아오르는 것에 몸을 맡기고 허공을 세게 깨물었다.

이렇게 했는데 따라잡지 못하면 영원히 멀어지리라는 예감이 있었다.

그러니 놓치지 않을 것이다, 이번에야말로.

머리가 어질어질하다. 꿈과 현실의 경계에 의식이 발을 걸친다. 하지만 이제 와서는 새삼스럽다. 온종일 환상을 쫓았던 나다. 그런 분위기에 농락당하는 건 익숙했다.

자, 움직여라.

누가 뭐라고 하든 지금 난 최고로 충만하다.

팔꿈치를 휘두르듯 저항을 뿌리치고 몸을 앞으로 움직였다.

그때 마침 사람들의 흐름에 당황한 그녀가 발을 멈추어.

단숨에 거리가 줄어들었다. 그 뜻밖의 한순간에 의식이 폭발했다.

이 순간을 놓쳤다가는 분명 영원히 닿지 않을 거라는 예감이 있었다.

팔을 뻗었다. 이제 발이 땅을 차는지 허공을 달리는지 구별이 안 간다.

상체를 기울이고 앞뒤 따위는 재지 않은 채.

갈망하던, 끝에 손이 걸렸다.

바다를 헤치듯이.

무수한 새들의 무리에 손을 넣어 붙잡듯이.

그녀의 어깨에 손을 걸쳤다.

척 하고.

…척?

소리가 났다. 감촉이 있었다.

그리고 돌아보았다.

"……………………."

침처럼 고동이 목구멍에서 미끄러져 내린다.

바람이 뒤에서 따라잡은 듯 솨아아 소리가 주위를 감싼다.

인파 속에서 나는 닿아 있었다. 눈앞에 있는 그녀에게.

여기 있었다.

환상 따위가 아닌 현실의 그녀다.

역 벽가에, 나와 함께.

어깨를 잡혀 돌아본 그녀가 내 얼굴을 보고 눈을 동그랗게
떴다.

그리고.

"아!"

갑작스런 만남을, 다소 부자연스러울 정도로 큰 놀라움을 갖고 맞이했다.

"저기… 으음?"

나는 나대로 이해할 수 없었다. 서로의 이마에서 땀이 빛난다.

손가락 끝에는 그녀의 어깨. 달리는 도중도 아닌 풍경은 평온한데, 그러나 너무 긴장한 탓일까, 취한 것처럼 주위가 흔들렸다. 토할 것 같았지만 여기서 참지 않으면 모두 끝나리라는 사실만은 알았다.

어금니를 악물고 버티면서 몸에 안 좋은 침묵의 시간을 보냈다.

"저어."

다시 한번 그녀의 목소리를 들었다. 상상했던 것보다 조금 낮았다.

"그… 당신은."

아직까지도 어깨에 얹혀 있는 손을 힐끗힐끗 신경 쓴다.

"아아아, 죄송, 합니다."

그녀의 어깨에서 손을 떼고 한 발짝 거리를 두었다. 아니, 비틀거렸다고나 할까.

소리와 풍경이 멀다. 둘러싼 사람들의 흐름이 남 일처럼 둔하게 느껴진다.

중학교 때를 떠올렸다. 혹시 만난다 해도 무슨 이야기를 하면 좋을까.

어떻게 알고 있는지 설명할 수 있을까.

목 위로 피가 몰리고 뜨겁게 부풀어 가는 걸 알 수 있었다.

"당신은, 초면… 이죠?"

돌아선 그녀가 의아해한다. 의심의 눈초리는 몹시 부끄럽고, 동시에 감동적이었다.

지금 난 그녀와 말하고 있다.

"아마도. 아니, 분명히."

적요寂寥를 담아 수긍했다. 눈가에 힘을 주지 않으면 금방이라도 눈물이 맺힐 것 같았다.

머리가 무겁다. 돌아가지 않는 게 느껴진다.

눈앞에 일어난 일을 있는 그대로 받아들이는 것만으로도 힘에 부쳤다.

"응."

그녀가 수긍했다.

"그렇겠지…."

내 발을 보았다. 신발도 신지 않은 이상한 여자의 모습에 그녀의 당혹감은 깊어지는 듯했다.

아아아, 어떡하지, 어떡하지, 하는 마음에 땀이 급격히 쏟아져 내려 등을 타고 흘렀다. 머리는 새빨간 열에 잠겨 아무 생각도 할 수 없었고, 귓가는 웅웅거려 마음이 어지러워졌다. 평정을 유지하라는 편이 더 무리였다.

그럼 어째서 넌, 내 어깨를 붙잡은 거야?

그녀는 이런 생각을 하고 있을까 하니 어쩔 줄 모르며 눈이 핑 돌았다.

그런데 그녀가 고민하던 것은 조금 다른 일인 듯했다.

얼굴을 든 그녀는 당혹 너머로 희미한 미소를 보였다.

"그런데 뭘까, 지금 그거, 당신을 본 순간의 '아!'."

실제로 큰 소리를 내며 가리켜서 심장이 멎는 줄 알았다.

"뭐지, 뭐지, 하는 놀라움보다도 말야, 아앗, 훅~ 이랄까 쿵~ 하고 오는 것이 있었거든. 뭘까, 이거. 처음 만난 상대인데, 있을 수 없을 정도로 말이지… 벌이 날아왔는데 손으로 쫓는 게 아니라 팔을 벌리고 싶어지는 감각… 음~ 모르겠다."

정확히 표현할 수가 없어 안타까운 듯 그녀의 눈썹이 물결치며 춤춘다. 그러나 하려던 말은 전해져서 나는 목소리도 나오지 않을 만큼 충격을 받았다.

그것은, 설마. 아니, 하지만, 그럴 리가 없는데.

"시간은… 없겠구나. 평일이고, 아침이고, 회사고."

시계와, 아침 해와, 내 차림새를 하나씩 가리키며 그녀가 쓴 웃음을 지었다.

"아니. 있어, 있어, 있다고."

그 발언의 의미를 이해하고, 나는 그녀의 마음이 변하기 전에 말해야 한다는 생각에 몹시 허둥댔다.

"있다니까."

턱을 크게 움직여서 있음을 보증했다. 그녀는 반복적으로 눈을 깜빡인 후 목을 긁적였다.

"그럼, 사정이 된다면 말이지만… 잠시 함께 걷지 않을래? 뭐랄까, 당신이 굉~장히 신경 쓰이거든. 이대로 헤어지면 분명 일이 손에 안 잡힐 만큼."

눈을 피하면서, 내가 좋아 죽을 법한 말을 해 주었다.

혀끝이 목소리도 잊고 헤롱헤롱 춤춘다.

"그런데 신경 쓰이는 이유를 모르겠어. 걸으며 생각하게 해 줘."

그녀가 진지한 얼굴로 부탁하여 아니, 나야말로, 하는 심정이
되었다.

신경 쓰이는 이유, 그 정체로서 하나 짚이는 것이 있었다.

하지만 그것은 아마 그녀가 생각해도 알 수 없으리라.

하지만 지금 내게는 긴 문장을 논리정연하게 말할 여유가 없
으므로 고개를 끄덕일 수밖에 없었다.

그녀의 옆에 나란히 섰다. 그녀의 등은 도망치지 않았다, 나
를, 기다리고 있었다.

어설프게 차박차박 울리는 발소리와 함께 뻣뻣하게 앞으로
갔다.

으음.

큰일 난 거 아닌가 싶어 괜히 더 땀이 났다.

"발 괜찮아?"

갑작스럽게 걸려온 말에 때 아닌 정전기가 오른 듯 살갗이 떨
렸다.

"발?"

가슴이 철렁했다.

"맨발인데 뜨겁지 않아?"

내 단출한 발을 지적했다.

"어, 응. 의외로 괜찮아."

"그럼 다행이고."

왜 맨발일까? 라고 그녀가 혼잣말을 하더니 고개를 갸우뚱했다.

그쪽이었나 싶어 나는 한숨을 쉬었다. 분명 골절을 언급했으려니 생각하고 말았다.

있을 수 없는 일인데.

"머리카락 길다."

또다시 말을 걸어왔지만 놀라움은 신선했다.

"어? 아, 응. 길어."

더욱 시시한 대답이 되었다.

"부들부들해서 좋은 느낌이고."

내 머리카락을 한 다발 손에 쥔 그녀가 감탄하듯 손끝으로 감촉을 즐겼다.

"오오~" 하면서 눈을 동그랗게 떴는데, 나는 너무 놀랐다.

한껏 부릅뜬 눈이 이리저리 방황했다.

내 반응을 알아채고 그녀가 "아, 미안." 하며 머리카락을 놓았다.

"방금은 너무 스스럼없었지."

그녀가 사과했지만 "어~ 아냐."라는 말 정도밖에 할 수 없었다.

그럴 상황이 아니었다.

"어째서일까, 저항감이 없어…."

그녀는 점점 이상한 느낌이 드는 듯 머리카락이 실려 있던 손끝을 쳐다보았다.

그런 식으로 승강장을 향해 그녀와 걸었다.

걷고 있다.

이를 악물고 상체를 내밀 필요도 없다. 옆을 보면 그녀가 있었다.

볼 때마다 마음이 들뜬다. 현실감이 없어서 더위도 잊힐 만큼.

여름날도, 주위 사람도 전부 먼 일로, 모조품인 것처럼 느껴진다.

몇 번이나 그렸던 꿈과 무감각함이 닮아 있었다.

이것은 꿈? 현실?

뒤돌아본 곳에 내가 벗어던진 신발은 있을까?

무서워서 확인할 마음이 들지 않는다.

그저 막연하게, 이제 달리는 도중에 그녀의 환상이 보이지는 않을 거라는 감각이 있었고.

어쩐지 눈물이 날 것 같았다.

그것은 덧없고도 예쁜 것을 봤을 때의 애달픔과 비슷했다.

"앗…."

그녀가 갑자기 이마를 짚고 당황하여 소리쳤다. 그러더니 계속해서 나를 곁눈질로 살폈다.

"왜 그래?"

"아니, 왜지… 음, 왜 그런 생각을 했을까."

그녀는 내게 묻듯 난처한 얼굴로 생글생글 웃어 보였다.

"얘기해 줘."

"앗, 싫어."

고개를 붕붕 내저었다. 나도 붕붕 저었다. "뭐야, 그게." 하며 어색하게 웃었다.

"그야, 분명히 이상할걸."

"이상해도 좋아."

물고 늘어지는 내게 그녀가 뜸을 들이고 확인했다.

"놀라지 않을 거야?"

"놀라지 않을 거야."

무슨 일이 있어도, 달려서 여기까지 다다랐으니까.

"갑자기 이런 말 꺼내도 이상한 녀석이라며 놀라지 않을 거야?"

"나보다 이상할 자신, 있어?"

그녀가 눈을 깜빡거렸다. 그러더니 한숨 놓은 듯 풋 웃었다.

"없어."

그리고 나서 다시, 그녀는 천천히, 크게, 또 다른 미소를 보였다.

한 번 본 순간 숨이 멎고 가슴과 목이 고동쳤다.

내가 제일 고대하던 미소였다.

여름의 상징과도 같은 명쾌한 기쁨을 차려입은 그녀가 말했다.

"봄도 좋지만 말야, 여름 바다도 함께 가 봤으면 좋겠어."

필사적인 얼굴로 달려와서 어깨를 붙잡고,

신발도 신지 않은 채 땀투성이로,

갑자기 눈물을 흘리는 여자를 그녀는 좋아해 줄까.

당장에 걱정되고 말았다.

소녀
망상
중.

은(銀)의 손은 사라지지 않는다*

※RPG 게임 〈로맨싱 사가 3〉 중 뮤즈의 꿈 퀘스트. 꿈에서 얻은 아이템은 꿈속에서만 사용할 수 있으나 '은의 손'만큼은 꿈에서 깬 후에도 사라지지 않는다는 설정이 있다.

자명종은 아침부터 힘이 넘쳤다. 아니, 이 녀석은 아침에만 힘이 넘친다. 이상한 삶이라고 생각하며 침대 위에서 꾸물꾸물 몸부림쳐 팔을 뻗었다. 머리가 절반만 열린 듯한 상태에서 자명종을 멈췄고, 그 순간 힘이 다했다. 팔을 뻗은 그 자세 그대로 눈을 감았다.

화들짝 놀라 벌떡 일어나니 5분쯤 지나 있었다.

이런 식으로 일어나는데 자명종에 의미가 있나 잠시 고민했다. 하지만 자명종을 준비했다는 안도감이 밤에 건강한 잠을 제공한다. 그렇게 생각하기로 했다.

아무것도 없으면 점심 전까지 늦잠을 잘지도 모른다.

잠옷을 벗고 반소매 세일러복으로 갈아입었다. 집에서 쓰는 섬유유연제 향이 났다.

코에 소매를 갖다 대어 느껴지지 않을 때까지 그 냄새를 들이마셨다.

옷을 갈아입고 가방을 준비해서 1층으로 내려갔다. 아빠는 벌써 일을 나가서 부엌에는 엄마밖에 없었다. 아빠는 항구 근처 시장에서 일한다. 본인의 취향도 있고 해서 햇볕에 그을려 있는데 엄마는 대조적으로 창백하다. 걸핏하면 아빠가 물고기 배만큼이나 창백하다고 놀려서 엄마는 달갑잖은 눈치다.

바로 그 엄마가 준비한 아침을 먹는다. 토스트 위에 치즈가 얹혀 있었다. 가장자리부터 베어 무니 사이에 피자 소스가 발려 있었는지 케첩과 비슷한 맛이 퍼졌다.

"고소하다."

일부러 입 밖에 내어 말하자 엄마가 의아한 얼굴을 했다.

천천히 한입씩 깨물어 삼켰다.

느낀 것과 눈앞에 있는 것에 어긋남이 없도록.

먹고 나서 우유를 마시고, 그 후 이를 닦았다. 칫솔이 입 안을 쿡쿡 찌르는 감촉을 하나씩 정성스럽게, 건져 올리듯이 느낀다. 거울에 비치는 것을 놓치지 않으려고 했더니 눈이 건조해졌다.

"다녀오겠습니다."

준비를 마치고 인사하자 엄마가 현관까지 배웅하러 나왔다.

엄마의 미소는 다정하다. 하지만 나와는 별로 닮지 않았다.

밖으로 나왔다. 오늘도 맑음이었다. 비는 좀처럼 내리지 않는다. 하늘 틈새를 메운 구름은 전에 본 적이 있는 듯한 모양을 띠고 있었다. 올려다보면서 길을 걷고 있으니 바람이 인중을 간질였다.

바닷물과 모래가 섞인 바람은 서늘하여 조금 강한 햇살과 어우러지듯이 쾌적하다.

기분 좋게, 위아래로 하얗게 뻗은 눈에 띄는 길을 걸었다.

근처에 사는 사람과 스쳐 지나면서 몇 번쯤 인사했다. 담장을 넘을 기세로 열매를 달고 있는 귤나무를 올려다보았다. 새들도 쪼는 기미가 없는데 쓴맛이려나. 그래도 손을 뻗어 따 낼 수는 없기에 도로 쪽으로 떨어지면 주워서 맛보고 싶다고 계속 생각해 왔는데 아직까지 이루어진 적은 없다. 오늘도 그 아래를 지나면서 입에 침만 고일 뿐이다.

온도는 평균 20도 내외, 조금 쌀쌀한 날도 있지만 겨울이 찾아온 적은 없다.

대체로 현실 그대로이면서도 그 점만은 흔들리지 않았다.

이곳에 있는 건 모두 현실이 아니다.

내가 느끼는 것도 당연히 상상의 산물이다.

나 혹은 내내 이 꿈을 꾸고 있는 자, 둘 중 하나의.

이 세상은 꿈속에 있었다.

그걸 누가 가르쳐 준 것은 아니다. 내 안에는 확신이 있지만 확고한 증거는 없다. 굳이 말하자면 앨범이라든지 추억의 물건 따위가 전혀 없다는 점을 꼽을 수 있으려나. 부모님과는 사이가 좋지만 추억 하나 나눈 적이 없다. 정신이 들었을 때는 열여

섯 살의 내가 있었다.

그렇다고는 하나 확증도 없어 누군가에게 이야기한 적은 한 번도 없다.

모두들 눈치챘을까?

눈치채지 못했다면 특별히 문제는 없이 살아갈 수 있다. 이 꿈은 정교하다. 당연하게도 손가락을 다치면 피가 흐른다. 통증도 있고, 상처가 아무는 데도 여러 날이 걸린다. 딱지 또한 생긴다.

뗀다.

좋지 않다.

이 꿈을 꾼 사람은 분명 굉장히 상상력이 풍부하리라.

아니면 내 머리가 이상하거나, 둘 중 하나다.

사실은 현실 그 자체인데 꿈이라고 생각하는 거다.

그 편이 차라리 행복할지도 모른다.

교복으로 갈아입었고 가방도 들고 왔지만 딱히 학교는 가든 안 가든 아무래도 상관없었다. 그날 기분에 따라 다른 곳으로 가서 시간을 때우고 집으로 돌아간다. 그것이 나의 일상이다.

내가 사는 마을은 바다에 면해 있다. 요트 및 페리 부두는 그 선체가 새하얗기에 바다에서 빛나 보여서 관광객도 구경하러

온다. 해외의 항구 도시처럼 세련되지는 않았으나 바다가 가까이 있다는 것만으로도 왠지 모를 아늑함이 느껴졌다.

모래사장도 있지만 뾰족한 바위가 방치되어 있어 조금 위험하다. 어린아이는 맘대로 놀러 갈 수 없게 되어 있다. 나도 어린 시절에는 가지 않았다. 아니, 그보다 어린 시절이라는 게 없다.

부모가 있지만 그 부모 사이에서 태어났는지 어떤지도 알 수 없었다.

뭐, 그건 그렇고.

어디에 있든 바닷물 냄새가 와 닿는 작은 마을이다. 그 습한 바람이 나는 좋았다. 그 바람에 이끌리듯 통학로에서 벗어나 바닷가 길로 향했다. 오늘은 학교에 안 가는 날인 모양이다. 초반에는 학교에 계속 다녔지만 수업이 있다가 없다가 부정기적이었기에 차츰 나도 소홀해지고 말았다.

가지 않는다고 해도 야단맞는 일도 없다.

해안가 제방 위를 걸었다. 옆은 온통 테트라포드*로 메워져 있었다. 가끔 이 부근에서 던질낚시*를 하는 사람을 보았다. 낚

※테트라포드 : 방파제에 사용되는 다리 네 개로 이루어진 콘크리트 덩어리.

여 올라오는 물고기는 어디에서 왔을까 때때로 생각한다.

바다 저편에 다른 마을, 다른 지역이 있을 거라고는 생각하지 않았다. 오히려 길을 따라 나아가도 어딘가에 다다를 수 있을지 의문이다. 유통 트럭이 마을을 달리는 건 본 적이 없다. 순조롭게 돌아가는 듯해도 주의 깊게 보면 군데군데 균열이 있다. 탄탄하게 지어진 마을은 있으나 목재 사이로 손가락을 집어넣는 듯한 감각은 떨칠 수 없다.

제방 둑마루가 좁아지기 시작했다. 그건 모래사장에 가까워졌다는 표식 같은 것이었다.

이윽고 비탈진 백사장이 발광하듯 눈부시게 보이기 시작했다.

그 빛 속에서는 사람의 그림자조차 표백될 것 같았다.

"어머나."

모래사장에 선 여자아이가 보였다. 비슷한, 그러나 디테일이 조금 다른 교복을 입었다. 홀로 바다를 마주하고 있다. 선객에게 장소를 빼앗겨 난처해하면서 계속 쳐다보았다.

머리는 나보다 짧다. 단발머리에 가까운데 뒷머리가 조금 길다. 바닷바람을 받은 머리카락이 되살아나듯 춤추자 숨어 있던

※던질낚시 : 낚싯줄에 미끼와 무거운 봉돌을 달고 최대한 멀리 던져서 바닥에 가라앉히는 낚시법. 원거리 투척 낚시라고도 한다.

귀가 밖으로 나왔다. 그러자 앳된 모습이 좀 사라진다.

옆에서 나뒹구는 신발이 해변으로 올라온 파도에 잠겼다. 그대로 빠져나가는 파도에 휩쓸리려 했지만 여자아이는 수평선을 쳐다보고 있는 건지 뭔지 무아지경에 빠져 모르는 것 같았다.

"신발, 신발~"

보다 못해 말을 걸었다. 여자아이가 등을 튕기듯 반응하고 돌아보았다. 그 후 손짓 발짓으로 위험을 알렸더니 그쪽을 보았다. "앗, 큰일 났다."라고 중얼거린 듯했다. 여자아이가 해변을 뛰어 신발에 달려들었다. 속까지 바닷물 범벅인 신발을 집어 들고 뒤집었다.

뭉친 양말이 굴러떨어졌다. 그쪽도 흠뻑 젖어 있었다. 주운 양말을 스커트 주머니에 그대로 쑤셔 넣었다.

"고마워~!"

여자아이가 치켜든 손과 신발을 함께 흔들었다. 작게 마주 흔들고서 그대로 떠났다.

갈 곳을 잃었다는 문제는 해결되지 않았으나, 그저 그뿐인 나쁘지 않은 기분이 되었다. 바다가 당기기는 하지만 마을에는 그 밖에도 갈 수 있는 곳이 많이 있다. 큰길에 나가면 가게는 잔뜩 있었다.

아이스크림을 먹어도 좋고 옷을 사러 가도 좋다. 목이 마르면 차를 마신다.

같은 일을 몇 번씩 반복하고 있을 텐데도 어느새 그것을 잊어버린다.

남는 건 달콤하다든지 원한다든지 풍요로워진다든지 충족된다든지 하는 마음뿐.

세상은 내게 좀 편리하다.

현실에 살지 않는 나는, 죽은 것도 아닌 듯했다.

이것은 꿈 이야기다.

나는 꿈속 세상에 있다.

꿈속에서 매일을 당연하다는 듯이 산다.

밤에는 자고, 밥도 먹고, 근처 어딘가의 집 벽에 부딪치면 통증도 있다.

현실을 본뜬 듯 얌전한 공상.

이것은 그런 이야기다.

또 아침에 눈을 떴다.

밤에 잠이 들었다가 해가 뜨는 걸 맞이한다는 당연한 일에 때로는 감탄한다.

여기가 꿈이라면 분명 인간의 마음속에 있는 것이리라.

즉, 인간은 무한한 상상력 안에서 태양을 만들어 낼 수 있다. 넓은 바다 또한 가질 수 있다. 굉장한데, 인류.

멍한 머리로 감동하면서 일어났다. 커튼을 연 뒤 창가에서 햇볕을 쬐었다. 빛살이 속눈썹에 실려 그 묵직함이 느껴졌다. 눈을 감아도 바깥 경치가 눈꺼풀에 비쳐 보이는 것 같았다.

조금 지나 "아, 맞다." 하면서 태평하게 있으면 안 된다는 걸 떠올렸다.

교복으로 갈아입고 가방은 들지 않은 채 방을 나왔다. 오늘도 학교에 갈 마음은 없다. 하지만 교복은 입고 만다. 차라리 일어난 순간부터 교복을 입혀 주었으면 했다.

아침도 먹는 둥 마는 둥 집을 나섰다. 가슴을 펴고 빠른 걸음으로 바다로 향했다.

그 여자아이보다 먼저 가지 않으면 안 된다.

어제의 일을 바탕으로 행동을 정하는 일은 드물었기에 조금 흥분했다.

이웃 사람들을 스쳐 지나며 인사할 때 그 얼굴을 슬쩍 관찰했다. 다들 상냥해 보이고, 닮지 않았고, 모르는 얼굴이다. 아니,

알고는 있는데 여기서밖에 만난 기억이 없다. 아무리 머리를 쥐어짜도 또 하나의 세상, 현실을 살았다는 기억은 내게 존재하지 않았다.

과연 현실에 살지 않는 사람이 꿈을 꿀까?

답은 분명 말도 안 돼.

그럼 이건 누구의 꿈일까?

수많은 마을 사람 속에 꿈꾸는 본인도 섞여 있을까. 아니면 딱히 놀러는 안 오나? 그렇다면 무엇을 위해 이런 마을을 만들었을까. 본인이 사는 마을의 모조인가?

한 번도 탄 적이 없지만 전철이나 버스에 타면 어디까지 갈 수 있을까?

하늘 저편에 우주는 있을까?

여기서 죽으면 어떻게 되지?

나는 누구인가?

그런 걸 생각하고 규명해 나가려 해도 늘 머릿속에 안개가 끼어 있어 정리 정돈된 적이 없다. 혼잡해서 어느 사이엔가 잊어 간다.

분명 답에는 영원히 다다를 수 없으리라. 나와 세상은 그런 식으로 만들어져 있다.

대체 나에게 뇌는 있을까?

"그걸 모르겠어."

가끔 내가 핑크색 솜사탕으로 만들어진 듯한 착각에 사로잡힌다.

착각이 아닐지도 모른다.

빠른 걸음은 어느새 제방에 도착해 있었다. 오늘이야말로 모래사장을 독점하고 싶다는 마음에 발이 급해졌다. 꽤 오랜 시간 이 마을에서 살았지만 그 여자아이는 어제 처음 보았다. 모르는 얼굴이 늘어나는 일은 드물다.

그 여자아이와 이 꿈을 꾸는 누군가가 현실에서 만났는지도 모른다.

생각하고 있는데 그 얼굴을 발견했다.

모래사장보다 앞쪽, 테트라포드가 북적이는 제방가에 여자아이가 있었다. 무심코 발을 멈추었다.

오늘은 우두커니 서 있는 게 아니라 바다를 향해 낚싯대를 드리우고 있었다. 던질낚시가 아니라 그냥 낚시다. 테트라포드의 불안정한 발판에 맨발로 서 있다. 신발은 제방 위에 놓여 있었다.

바다와 마주하고 있어 내 존재는 눈치채지 못한 것 같았다.

갯바람에 튀어 오르는 머리카락과 스커트 자락을 눈으로 쫓는다. 물고기는 아직 걸리지 않았는지 여자아이가 재촉하듯 낚싯대를 흔들고 있었다. 그 미세한 움직임에 맞춰 움직이는 그 아이를 쳐다보고 말았다.

시선이 낚이는 느낌이었다.

지나쳐 걸어가면 내가 해변에 있어도 방해하지 않을 것이다.

하지만 어떻게 할까 고민했다.

어느 쪽인가 하면 새로운 걸 좋아하는 편이기 때문이다.

"흐음."

그냥 지나가기를 관두고 말을 걸어 보았다.

"잡혀?"

여자아이가 어제처럼 움찔 등을 젖히듯이 반응했다. 그리고 돌아본다.

"아, 어제의…."

테트라포드 위를 걸어 거리를 좁히는 건 조금 무서워서 나는 제방 끄트머리에 섰다. 여자아이는 낚싯대의 반응을 확인하고서 다시 한번 돌아보았다.

"학교 안 가?"

여자아이가 물었다. 내심 그러는 너는, 하면서도 대답했다.

"오늘은 쉬는 날."

"어제도 안 가지 않았어?"

이가 보이게 웃었다. 햇살이 스민 듯 살갗의 색이 눈부시다.

"그쪽이야말로."

"난 학생이 아닌걸."

세일러복 상하의를 가리켰다.

"차림새."

"이건 좋아서 입었을 뿐이야."

여자아이가 스커트 자락을 집어 들고 펼쳤다. 교복이 좋다니 특이하다.

"......................."

생각해 보니 나도 비슷한 처지였다.

"잡힐 것 같아?"

"몰라. 여기서 잡는 건 처음이라."

그렇게 대답하는 여자아이의 옆에는 아이스박스나 양동이 같은 게 하나도 없었다.

참 엉성하다 싶어서 하늘을 올려다보았다.

잠시 여자아이의 등과 바다를 쳐다보았다. 둘 다 평온하고, 섬세하다.

"어제는 그 후로 어디 갔었어?"

앞을 바라본 채 여자아이가 화제를 던졌다.

"시내에서 아이스크림을 먹고 차를 마셨어."

옷은 보기만 하고 사지 않았다. 어차피 거의 매일 교복밖에 입지 않는다.

"좋은 느낌인데?"

"그래?"

뭘 말하는 건가 싶어 고개를 갸웃했다. 이런 건 누구든지 생각해 내고 누구나가 할 수 있는 일이다.

흔해 빠졌고, 그 자리에서 제자리걸음을 하는 느낌이고, 좋은 방향으로 나아간다고는 생각하지 않는다.

"보통이란 가치를 인정받았기에 정착되는 법이라고."

여자아이의 의견에 무심코 얼굴을 찌푸린 걸 알았다.

비록 꿈일지라도 뭐든지 가능이라는 건 환영할 수 없다.

"마음을 읽는 건 그만둬 줄래?"

"어라, 네 입으로 말했는데?"

여자아이가 이상하다는 듯이 말했다. 진짜인가 의심했다.

그렇지만 의심을 해도 어쩔 수 없는 일이기는 하다.

"그런가?"

"그렇고말고."

득의양양한 얼굴과 코끝을 보고 그걸로 됐다고 생각했다.

잠시 후 먼저 말을 건 사람은 또 여자아이였다.

"시로네."

"시로?"

갑작스러워서 처음에는 무엇을 가리키는지 몰랐다.

"내 이름이야."

여자아이가 낚싯대를 거두어들이고 돌아보았다. 그리고 테트라포드 위를 폴짝이듯 뛰어 되돌아왔다. 발이 미끄러지면 상당히 위험해지지만 그 아이에게는 마치 놀이처럼 보였다.

내 옆까지 돌아온다. 스커트 밖으로 뻗은 흰 다리가 맨다리다 보니 한층 빛났다.

"좋은 이름이네."

"그렇지?"

자랑하는 듯한 말투였다. 설마 스스로 정한 이름인가.

"낚시 성과는?"

"너."

여자아이, 시로네가 생긋 웃었다.

"단골 멘트구나."

"단골 뭐라고?"

"바다에는 매일 와?"

상대의 질문은 무시하고 지금껏 만난 적이 없는 새로운 얼굴에게 물었다.

"응."

언제부터 '매일'인지 확인하면 분명 모순이 생기리라.

그래서 난 물을 수 없을 거라고 생각했다.

"그런 것치고 햇볕에 타지 않았네."

조금 에둘러 공격해 보았다. 시로네는 "그러고 보니 그러네." 하고 별로 이상해하지도 않았다.

"이상하네."

"…그러네."

말이 가볍다. 이 세상에 나만큼 의문을 갖고 있지 않은 듯했다.

그건 그것대로 좋지만 일말의 적요도 있었다.

걸어 나갔다.

"어머나."

모래사장으로 가려고 하자 시로네가 바로 쫓아왔다. 발을 보니 맨발로 신발 뒤축을 꺾어 신고 있었다. 어깨에 낚싯대를 메고 내게 미소 지어 보였다.

"해변에 가려는 거지? 나도 가려던 참이야."

"그건 몰랐네."

"똑똑해졌구나."

시로네가 비아냥거리는 느낌 없이 우후후 웃었다. 확실히…
확실히, 그렇다.

힘 빼기도 아까워서 반쯤 억지로 긍정했다.

앞머리를 쓸어 올리며 위를 향했다.

"그러네."

똑똑해지면 인간은 생각대로 살아갈 수 있을까.

아니면 분수를 알고 옴짝달싹 못 하게 될까.

어느 쪽일까 생각하며 빛에 눈을 가늘게 떴다.

어제는 찾지 않았던 모래사장에 주저앉았다. 시로네도 옆에
엉덩이를 내리고 앉았다.

발목을 조금 기울이면 서로의 복사뼈가 맞붙는 거리.

스커트 너머의 모래사장은 조금 미지근하다.

시로네가 발을 뻗으면서 꺾어 신은 신발을 떨어뜨렸다.

꽃잎이라도 떨어지는 것 같았다.

"맨발이란 건 한숨을 돌린 느낌이라 안정되지?"

"그런가?"

내 발을 보았다. 양말까지 챙겨 신고 있어서, 아무래도 바다라는 배경에는 좀 어울리지 않았다. 바다가 넓진 않으나 해방감이 있는 장소에서는 조금 새침데기로 보인다.

시로네가 기대를 담은 듯 눈을 빛내면서 물었다.

"벗을래?"

"고민 중."

이 근처 모래사장은 바위라든지 깨진 돌도 굴러다니므로 안이하게 맨발로 걷는 건 위험했다.

멍하니 있었다. 다가온 작은 파도가 바위와 벼랑에 부딪쳐서 튀는 소리가 났다. 눈을 감으니 그 소리가 귀 뒤에서 소용돌이치는 듯했다. 그 소용돌이가 사라지자 청량한 것이 살갗에 남는다.

시선을 느끼고 눈을 뜨니 시로네가 얼굴을 들여다보고 있었다.

"뭐 하러 왔니?"

"바다를 보러 왔어."

정확히는 바다를 바라보며 온종일 사색에 잠기기 위해서다.

방에 틀어박혀서 생각할 때보다 사고의 폭이 넓어지는 기분
이 든다.

어차피 아무리 밖에 있어도 햇볕에 타지 않으니.

"그것뿐?"

"그것뿐. 따분한가?"

"아니, 좋은 느낌이야."

시로네는 아까와 비슷한 말을 했다. 말버릇인지도 모른다.

그러고는 말없이 바다를 마주했다.

파도는 다정하다. 거대하다가도 다가올 때는 무너져서 모래
사장에 몸을 내던진다.

파도는 덧없다. 먼 곳에 모습이 보이는데 다다를 적에는 무
너져서 모래사장에 몸을 던진다.

가끔 우리가 있는 데까지 도달하여 신발과 발을 적셨다.

눈으로 좇고 있자니 생각하러 왔을 텐데도 머리가 돌아가지
않았다.

아무리 시간이 가도 질리지 않았다.

익숙해지지 않는다, 전혀. 그래서 항상 신선하고, 질리지 않
는다.

따분하지 않다.

그 따분함이 존재하지 않는다는 것에 최근 의문을 품었다.

그 순간 나는, 여기가 꿈이었음을 깨달은 것 같다. 마취가 풀린 듯 많은 감각이 되살아난 것이다. 하지만 최근이라는 게 얼마쯤 전이었는지도 애매모호하다. 조금 전까지는 기억하고 있었을 텐데 어느새 잊어버린 채다.

여기가 꿈이라는 사실도 다시 차츰 잊어 가려나.

별로 내키지 않는다.

시로네의 얼굴을 들여다보았다. 온화하고, 입과 눈매가 느슨하여 따분한 기색은 없다. 그녀는 여기가 꿈임을 자각하고 있을까.

"가끔 바다란 하늘이 떨어진 게 아닐까 싶어."

먼 곳을 보며 그런 말을 했다.

"사랑으로*?"

"아니, 그냥 흘러내려서."

파바밧~ 하고 손을 위아래로 움직여서 표현했다.

"별로 근사한 표현이 아냐."

시로네가 난처한 듯 웃었다. 그 난처한 얼굴은 그냥 웃는 것

※사랑으로 : 애니메이션 〈북두의 권〉 1기 오프닝 곡 〈사랑을 되찾아라!〉의 가사 중 '사랑으로 하늘이 떨어진다'는 구절.

보다 어울려 보였다.

예전에 어디선가 본 듯도 하고, 다른 사람과 혼동하는지도 모른다.

애매한 데서 걸리는 미소였다.

바다 풍경에 휩싸여서 간혹 시로네를 쳐다보았다.

시로네는 얌전한 얼굴인데, 바람에 머리카락이 뒤로 쓸리면 활발한 인상이 강해진다. 샤프한 얼굴을 단발풍의 머리모양이 감추고 있기 때문일까. 가까이 있으니 왼쪽 귀에 점이 있는 게 보였다. 그리고 그런 것에 주목하고 있자니 눈이 마주치고 말았다.

시로네는 그것을 기뻐하듯 뺨을 누그러뜨렸다. 약간, 창피했다.

"묻는 걸 깜박했네. 네 이름은?"

"…아, 아직 말 안 했구나."

마을에는 아는 사람뿐이라서 자기소개도 오랜만이었다.

"미시마三島."

"흐음."

"좀 더 호의적으로 반응하라고."

"으음… 아, 파도 소리가 어울리는 이름이네."

어째서. 고개를 갸웃하자 시로네는 웃으며 얼버무렸다. 두루뭉술하구나, 왠지.

두루뭉술하다고 하니 문득 떠오른 의문이 있었다. 마침 잘됐다 싶어 시로네에게 물어보았다.

"시로네는, 꿈을 꾼 적이 있어?"

잠시 생각하는 듯하더니, 시로네는 느릿느릿 고개를 가로저었다.

"꾸는 일은 있었을지도 몰라. 하지만 내용은 기억나지 않아."

"그렇구나. 나도야."

잠이라는 건 암전이다. 슥 불이 꺼지고, 그리고 이내 켜진다.

불면이나 철야는 체험한 적이 없다. 덧붙여 말하자면 새벽을 맞은 적이 없었다.

꿈속에 있으니 그것이 당연할지도 모른다.

"꿈을 꾼다는 건 어떤 기분일까."

지금의 나라든지 나를 둘러싼 환경 이상으로 불안정하고 단편적인 것일까.

그런 것을, 인간은 왜 꿀까.

"분명 꿈을 꾸는 기분이겠지."

시로네가 약간 득의양양하게 그렇게 말했다.

"응…."

그럴싸한 말을 하는 것 같으면서도 아무것도 모르는 느낌이었다. 서로.

시로네 옆에 놓인 낚싯대가 한가해 보였다.

"안 잡아?"

"여기서는 무리야."

시로네가 바다를 살피듯이 목을 빼면서 말했다. 그 뻗은 목덜미에 시선이 머물렀다.

창백한 피부가 어렴풋이 빛에 물들어 윤기와 정기를 차려입고 있었다.

한 번 예쁘다고 의식하니 눈을 뗄 수 없다.

바다와 마찬가지로 시로네를 보는 일도 질릴 것 같지가 않았다.

"아 참. 슬슬 돌아가야겠다."

시로네가 뭔가 떠올린 듯 일어섰다. 당당히 쳐다보고 있었던 내가 새삼 멋쩍게 느껴져서 눈을 피했다.

돌아가다니, 어디로?

묻고 싶었지만 무언가가 콱 막힐 것 같아서 입을 열 수가 없었다.

"맞다, 내일은 시내에서 보지 않을래?"

나를 내려다보면서 시로네가 그런 말을 했다.

시로네를 또 만나는 건가.

싫지는 않다. 특히 내일이라는 부분이 마음에 든다.

"좋은데, 어디 가려고?"

"어디로든 가 보고 싶으니까 어디라도 좋아."

또 철학적 분위기가 감돌았다. 그렇지만 분명 적당히 한 말이겠지.

나 자신이 종종 그런 소리를 하고 싶어지기에 잘 안다.

"어디 갈지는 둘째 치고, 약속 장소 정도는 정해 놓을까?"

끝과 과정이 어찌 되었든 간에 시작 정도는 정하지 않으면 이야기가 성립되지 않는다.

"그럼 학교 앞에서 보자."

시로네의 제안에 그게 무슨 소리인가 싶어 눈썹에 힘이 들어갔다.

"학교 안 가는데?"

"안 가는데."

자신의 발언이 웃기다고 생각했는지 시로네가 활짝 웃었다. 어깨에 멘 낚싯대가 그림자째 흔들렸다.

약속을 잡고 시로네가 멀어져 갔다. 그 등이 거리를 벌리기 전에 말을 걸었다.

"안녕."

"어, 내일 봐."

시로네의 인사에 살짝 숨이 막혔다. 들이마시고 내쉬고, 다시 말했다.

"내일 봐."

입 밖에 내고 근사한 말임을 실감했다.

시로네는 낚싯대를 짊어지고 떠나갔다. 벗은 신발은 결국 신지 않아 맨다리를 드러낸 채다. 티 없는 뒷무릎, 파도에 젖은 스커트가 달라붙은 둔부를 그만 응시하고 말았다. 선이 또렷하게 도드라져 있어서, 뭐랄까… 아니, 아니, 하면서 떠오른 발상을 몰아내려고 머리를 흔들었다.

머리가 식을 때까지 당분간 여기 있기로 했다.

파도는 질리지도 않고 밀려들었다 빠져나가기를 반복한다. 나는 그것을 질리지도 않고 바라보았다.

우리 위를 흐르는 구름은 아무리 시간이 가도 언제 올려다보든 기시감이 있었다.

그럼에도 가끔은 올려다보고 싶어진다.

계속 여기 있어도 될까 하는 생각이 든다. 생각이 들 뿐 실행한 적은 없다.

하루가 끝날 때, 만약 집 밖에 있으면 그대로 밤과 함께 사라져 버릴 것 같은, 그런 불길한 예감이 있었다. 그래서 질리지 않더라도, 편안하더라도, 집에는 돌아가지 않으면 안 된다.

인간은 현실에 숨 막혀 하며 꿈같은 세상을 바란다.

그러나 살아 보니 별것은 없고 그 불확실한 부분만이 피부에 와닿았다.

그런 곳에서도 때로는 누군가를 만나는 경우가 있다.

아무것도 없으면 오늘도 내일도 변하지 않는다.

오늘에 윤곽선을 긋는 내일의 변화.

잊지 않도록 발끝으로 모래사장에 약속을 그렸다.

장소도 약속 사실도 다음에 눈을 떴을 때 똑똑히 머릿속에 남아 있었다.

그것은 기쁜 일이라고, 갓 잠에서 깬 머리가 기뻐했다.

지금 난 분명히 웃고 있으리라.

힘차게 벌떡 일어나서, 수업을 받을 마음도 없는데 학교로 달렸다.

번뜩이는 태양과 마찬가지로 내 눈 속도 점점 번뜩여 감을 알 수 있었다.

며칠 만인지 몇 주 만인지 잊어버렸으나 오랫동안 보지 않았던 학교에 도착했다. 정문 앞에 시로네의 모습은 없다. 너무 빨리 왔나 싶어서 해님의 상태를 살폈다. 모르겠다. 해가 뜨면 태양의 위치는 변하지 않고, 일정 시간이 지나 갑자기 땅거미가 찾아오는 느낌이기 때문이다.

전등 줄을 당기듯이 광량이 바뀐다. 우주의 완벽한 재현은 어려운 모양이다.

정문 옆 기둥에 등을 맡기고 시로네를 기다리기로 했다.

이따금 교복을 입은 학생이 다가와서 교내로 들어갔다. 낯이 익은 것 같은데 각각은 구별이 안 간다. 응시하지 않으면 그 조형은 점토로 된 인형처럼 불안정해졌다.

운동장에서는 육상부 유니폼을 입은 여자아이가 뛰어다니고 있었다. 펜스를 사이에 두고 눈으로 좇는다. 달리 비교할 것이 없어 확실하지 않지만 빠른 것 같았다. 잠시 바라보았는데 정말 달리고만 있었기에 주위를 살폈다. 없다.

시로네는 오지 않는다. 내일 봐, 하고 나눈 어제의 그 말을 떠올렸다.

느닷없이 나타났으니 갑작스럽게 없어져도 이상하지는 않다.

꿈이란 그런 것이리라. 오히려 논리 정연한 꿈이라는 게 더 기분 나쁘다.

분명 우리에게 교통사고로 죽는 일은 없어도 어느 날 갑자기 거품처럼 사라지는 일은 있을 것이다. 항상 안개에 싸여 있는 듯한 감각이라 그 상태 그대로 그것에 삼켜질 것 같았다.

공상의 세계라 해도 죽음이나 이별로부터 도망칠 수 없다.

그건 어떤 세계든 간에 우리가 탄생했기 때문이리라.

태어나면 언젠가 죽는다.

훗날 아무것도 남지 않는 꿈의 파편일지라도.

"…어머나?"

태양과 구름이 움직이지 않는 세상에 그림자가 졌다.

올려다보고 소스라치게 놀랐다.

시로네가 문 위에 웅크린 채 나를 내려다보고 있었다. 눈이 마주치자 시로네가 씩 웃었다.

"웃차."

그리고 뛰어내렸다. 살짝 앞으로 기울어서 도로로 나갈 뻔했지만 빙그르르 돌아 무사할 수 있었다. 내 앞으로 다가왔다. 놀란 내 얼굴을 떠올렸는지 어깨를 들썩였다. 즐거워 보이지만 물론 나는 별로 재미있지 않았다.

"언제 왔어?"

"지금 막. 멍하게 있기에 무심결에."

"무심결에 놀래 주려고 높은 데 올라가는 버릇이 있단 말이야? 호오."

"나도 몰랐어."

둘이서 와하하 웃었다. …비아냥거림은 통하지 않는 성격인 것 같았다.

시로네는 오늘도 변함없이 교복을 입고 있다. 그러는 나도 변한 건 없었다. 다만 오늘의 시로네는 고무로 된 조리 샌들을 신고 있었다. 엄지발가락이 그 이름에 비해 작아서 귀엽다.

"미안, 기다렸어?"

"조금."

대답을 하고 나서 깨달았다. 장소는 지정했지만 시간은 정하지 않았구나 하고.

그렇지만 꿈속 세상이기에 다소 허술하고 정합성이 깨져 있어도 어떻게든 해결된다.

"그럼 다음에는 내가 먼저 와서 널 기다릴게."

"아, 신경 쓰지 않아도 돼."

됐어, 하면서 손을 흔들자 날 흉내 내듯이 됐다고 손을 마주 흔들었다.

"인간은 평등할 필요는 없지만 공정해야 한다고 생각하거든."

시로네의 주장에 "그래?" 하며 고개를 갸웃했다.

나는 사전이 아니라서 공정의 의미를 바로 딱 떠올릴 수는 없었다.

"그럼, 가자."

빈손인 시로네가 팔을 크게 흔들면서 걸어 나갔다. 학교와는 정반대 방향이다. 고무 조리가 아스팔트를 밟는 소리는 보통 신발보다 가벼웠다. 여기까지 와서 시내로 이동하다니, 이중으로 고생이었지만 별로 할 일이 있는 것도 아니다. 헛고생을 즐기면 된다는 걸 깨달았다.

시로네 옆에 서려다 보니 걸음이 빨라졌다.

떠날 때 돌아보니 아직도 운동장에서는 여자아이가 계속 달리고 있었다.

"근사한 파란 하늘이네."

시로네가 걸으면서 대각선 위의 하늘 풍경을 칭찬했다. 늘 보는 익숙한 하늘이다.

보통이란 가치를 인정받았기에 정착된다.

그런 것일까.

양쪽을 밭으로 메운 포장되지 않은 길을 똑바로 나아갔다.

이윽고 땅은 끊기고 건물이 늘기 시작했다. 내 머리뿐만 아니라 학교의 정수리마저 뛰어넘을 듯한 대형 건조물이 단숨에 늘어 시야가 다소 어두워졌다. 빌딩 그늘을 걸으니 조금 전까지의 더위가 잠잠해졌다.

건물 틈새를 지나 중앙로로 나갔다. 손글씨로 된 아치가 머리 위를 장식한 채 시내 관광객에게 환영의 뜻을 표하고 있었다. 아치 끝은 빨간 도장이 벗겨지고 바닷바람을 받아 녹슬어 있다.

"어디에 가 볼래?"

시로네가 팔을 크게 흔들며 앞을 가리켰다.

"트로피컬한 기분을 내고 싶으니까 주스를 마실래."

"구체적이랄까, 미묘한 목적이네."

아무리 바다와 가깝다 해도 그렇게까지 트로피컬한 거리도 아니다. 트로피컬한 기분을 낼 수 있을까. 그런데 트로피컬이라는 게 뭐지. 바나나, 바다, 만년 여름! 뭐, 대충 맞겠지.

넓은 시내가 아니기에 배치는 대강 파악하고 있었다. 그래서 없으리라고 짐작은 했다. 하지만 트로피컬한 느낌을 찾아 전진하는 시로네의 씩씩함에 찬물을 끼얹기도 망설여졌다.

이리하여 트로피컬한 기분을 낼 수 있는 가게를 찾아 시내를 헤매게 되었다.

"270엔입니다."

있었다.

카운터에서 계산을 마치고 받아 든 유리잔의 노란 연둣빛에 웃었다.

"역시 꿈속의 마을이구나…."

"어?"

"신경 쓰지 마."

시로네는 컬러풀한 보랏빛 주스를 샀다. 드래곤후르츠 주스인 모양이다.

"미시마 주스, 그거, 뭐야?"

"사탕수수 주스."

"맛있어?"

"몰라서 사 봤어."

가게 안에서는 농후한 단내가 났다. 불은 켜져 있지 않아서 가게 구석에 기분 좋은 어둑함이 남아 있었다.

화려한 페인트 글라스를 통해 내다보는 도로는 일조 때문에 과도하게 하얗다.

"여기 있구나, 기억해 두어야지."

머릿속 지도에 덧썼다. 겹겹이 덧쓰인 지도에 정합성은 없다. 마을은 사각이거나, 호를 그리거나, 원형이었다.

날씨가 좋아 야외석에서 마시기로 했다. 플라스틱으로 된 하얀 의자는 손으로 당겨 보니 조금 불안할 정도로 가벼웠다. 테이블도 하얬는데, 청소가 밀리고 있는지 자잘한 나무 파편 따위가 표면에 있었다. 손으로 털어 버린 후 주스를 내려놓았다. 햇볕 아래에서 보니 액체의 빛깔이 또 다르다.

"우리 집 마당에 있는 것과 같은 놈이네."

시로네가 의자와 테이블을 그렇게 평가했다. 듣고 보니 무슨 가드닝 참고 사진 같은 데 쓰일 법했다. 야외석에는 우리만 앉아 있었다. 자전거를 탄 소년이 가게 앞 좁은 길을 세차게 달려간다. 학교는 괜찮은가, 하고 내 걱정은 안 하고 생각했다.

어쨌거나, 사탕수수 주스다. 스트로로 빨아 보았다. 마시면서 시선을 느껴 눈을 돌리니 시로네가 자기 주스는 입에 대지 않고 내 반응을 살피고 있었다.

"어때?"

스트로를 입에서 떼고 말했다.

"생각만큼 달지는 않았어."

"그래?"

시로네가 재촉하듯 손을 내밀었다. 무슨 뜻인지 파악하고 잔을 건넸다. 꽤 거리낌 없이 쪽쪽 마신다. 도중에 한 번 눈을 크게 뜨더니 움직임을 멈추었다. 그렇지만 결국 마셨다.

"소박한 맛."

잔을 돌려주면서 말한 감상은 짧았다. 이어서 드래곤후르츠 주스를 조금 마신 후 생긋 웃었다. 그쪽이 마음에 드신 모양이다. 내 주스도 마시기 좋고 맛있는데. …그러고 보니 이런 게 간접 키스라는 건가.

우리에게 침이라는 것이 있는지는 분명하지 않지만.

그런 문제가 아닌가.

아니겠지.

응, 의식하니 남들만큼 부끄럽다. 그래서 머리가 냉정한 척 얼버무리고 있다.

시로네의 주스도 얻어먹어 볼까 조금 고민했지만 복잡하게 생각해 버릴 것 같아서 관두었다.

게다가 드래곤후르츠의 맛은 알고 있었다. 틀림없이, 조금 연할 것이다.

잠시 이대로 트로피컬한 기분을 만끽한다.

주스가 절반이 될 즈음 주위를 둘러보았다. 반짝이는 태양, 스쳐 지나는 바람, 높고 엷고 빛나는 파란 하늘…은 있을 텐데, 정말 산뜻함이 결여된 거리라는 생각이 들었다. 깊이가 느껴지지 않기 때문일까. 맞은편 건물에 도는 잿빛을 포함하여 밋밋했다.

바닷바람에 도는 축축함을 포함하여 싫지는 않지만.

시로네는 테이블에 턱을 괸 채 길을 오가는 사람에게로 시선을 돌렸다. 누군가 지나갈 때마다 그 얼굴을 보고는 눈을 가늘게 떴다. 그냥 심심풀이라기에는 열심이었기에 조금 신경이 쓰였다.

"왜 그래?"

말을 걸자 시로네는 턱받침을 풀고 잔을 손에 쥐었다.

"사람을 찾고 있어."

"호오, 어떤 사람?"

지금 막 지나간 사회인의 다부진 등을 보며 물어보았다.

"글쎄…."

유리잔과 그 안에 든 액체를 흔들면서 시로네가 한 대답은 애매했다.

"얼굴이 기억나지 않아서."

어떤 사람이냐는 질문은 그런 뜻이 아니었는데. 친구나 가족을 찾는지 물은 것이다. 돌아온 건 어안이 벙벙해질 만큼 난감한 대답이었다.

"그거 큰일이구나."

"응, 응."

시로네가 별로 난감하지 않은 듯 수긍했다. 그러면서 주스를 쪼옥 빨았다.

"그럼 보고 있어도 모르지 않나?"

"보면 딱 떠오를지도 몰라."

"그렇구나."

그럴지도 모른다.

"이름은?"

"뭐였더라."

"……………………."

이쪽도 질세라 쪼옥 빨았다. 들어 있던 얼음이 녹아서 맛이 살짝 연해져 있었다.

"친구?"

"으~음."

"언제 만났는데?"

"흐~음."

"…아는 게 뭐야?"

그쪽을 묻는 편이 빠를 것 같았다. 시로네는 잔을 놓고 대답했다.

"성별이려나. 여자아이를 찾고 있어."

그 부분만큼은 대답이 분명했다. 여자아이라… 길을 살펴보았다.

아무도 지나가지 않았다.

지나가기를 빌어 본다.

물론 늘어나거나 하진 않았다.

"그 사람, 계속 못 찾지 않을까?"

"그럼 곤란한데."

풀 죽은 듯한 목소리와 우는 시늉으로도 심각해 보이지는 않았다. 너무 막연해서 본인도 실감이 안 날지도 모른다.

그렇게까지 아무것도 모르면 이 근처 여성, 그야말로 가게 안으로 돌아가 점원에게 너를 찾고 있었다고 해도 정답이 될 것 같았다. 뭣하면 나라도 좋다.

"······················."

시로네를 보았다. 눈이 마주치자 기쁜 듯 웃음꽃을 피운다.

뺨과 귀에 뜨거운 물방울이 방울져 떨어지듯 얼굴이 뜨거워졌다.

설마 나를 찾고 있는 건 아니겠지. 그럴 일이 없기 때문이다.

머릿속까지 꿈으로 만들어진 내 기억 따위는 신뢰성이 부족하지만.

주스를 다 마시고 자리를 뜬 시로네가 환한 미소로 나를 보았다.

"너와 시내를 돌며 즐기며 사람도 찾는다. 좋은 일뿐이네."

어떠냐고 자랑하듯이 팔을 벌렸다. 곤란해해야 할 쪽이 웃고 무관한 내가 곤란해한다.

그 뒤바뀐 상황과 긍정성에 호감을 느꼈다.

"그래, 좋네."

동의하고 그녀 옆에 나란히 섰다. 시로네가 나를 쾌활한 웃음으로 환영했다.

웃으니까 얼굴이 한층 어려 보여서 미소가 지어졌다.

그리고 시로네와 함께 여러 가게를 구경하러 갔다.

알고 있는 곳도 있는가 하면 새롭게 발견한 곳도 있었다.

도중에 본 빵집에서 샌드위치를 사서 걸으면서 먹었다.

그런 길모퉁이에 빵집은 없었는데 하면서도 맛있게 먹었다.

마을은 시로네의 이미지대로 변화한다. …혹시, 나도 그럴까?

어쩌면 이곳은 그녀의 꿈일지도 모른다.

그녀가 그린 이상의 세계. …그런 걸까?

소원이 섞여 있음에는 틀림없으리라.

그 꿈속에서, 그럼, 난 뭘까.

어떤 마음을 기반으로 태어났을까.

그런 걸 생각하고, 그렇다면 싶어서 걸어온 시가지에 눈길을 주었다.

시로네는 누구를 찾으러 이곳에 온 걸까?

시내를 한바탕 돌고 나서 발길이 이른 곳은 시로네와 만났던 모래사장이었다.

"적당히 걸었는데도 이래저래 와 버렸네."

"으흠."

시내에서 바다까지는 그럭저럭 거리가 있었지만 잘도 적당히 걸어서 다다랐다. 지금 뒤를 돌아보면 도로 하나를 낀 곳에 시내가 있을지도 모른다. 뭐 그런 건 아무래도 좋다.

중요한 건 햇볕에 젖은 모래사장이 물고기 배처럼 은색으로 눈부시다는 것이었다.

트로피컬의 마무리는 역시 바다인 모양이다.

머리카락을 누르고 바닷바람을 맞았다. 시내를 걷는 동안 피부에 쌓인 무언가가 걷혀 간다. 살이라도 에일 듯 강한 바람을 쐬고 있으니 한기가 들면서도 상쾌했다.

"바다가 좋아."

선언하자 "나도."라고 시로네가 생긋 웃으면서 내 감상에 편승했다.

쓸데없이 해맑게 둘이서 해변에 주저앉았다. 시로네와는 세 번째 바다가 된다. 그녀의 세상일지도 모르는 곳에서 그녀가 사이좋게 지내는 존재가 나라는 건 무엇을 의미하는가.

'나'는 현실에도 비슷한 게 있을까?

"낚싯대 가져올 걸 그랬어."

시로네가 아쉬운 듯 미간을 찌푸리고 웃었다.

"오늘은 잡히는 날?"

"아마도."

시로네가 자신감을 갖고 수긍하기에 나도 바다를 살펴봤지만 차이를 알 수 없었다.

"대충 말한 거 아냐?"

조금 짓궂게 의심하자 시로네가 발끈한 듯 아랫입술을 쭉 내밀었다.

"왜 사실을 말해 버리는 거야."

"아, 죄송합니다."

장난스럽게 사과하자 시로네도 이내 못마땅한 얼굴을 거두고 미소를 보였다.

"이렇게 즐거웠던 거 오랜만이야."

시로네가 맑은 목소리로 그런 말을 해서 내 기분도 덩달아 고양되었다.

흐뭇하다는 건 이런 기분이겠지.

그래서 그만.

"전에는 어떤 게 즐거웠어?"

"어?"

시로네의 얼굴이 굳었다.

"으음… 어떤 거였더라."

시로네가 살짝 난처한 반응을 보였다. 마지막에는 다소 딱딱하게 웃어 얼렁뚱땅 넘기는 것 같았다.

그 더듬거리는 반응에 스윽 한기가 찾아들었다.

묻는 게 아니었는데, 하고 후회했다.

여기서 과거 따위를 물어서 어쩌자는 건지. 알고 있었는데도 묻고 만다. 마을이 있고, 사람이 있고. 성립되는 듯하면서도 균열은 도처에서 엿보인다.

살아 있는 것, 없는 것을 불문하고.

대화가 끊겨 하늘을 올려다보았다.

하늘의 칠이 벗겨지며 당장에라도 떨어질 것 같았다.

위로 시선을 향하고 있으니 파도 소리가 멀다. 시야 끝에서 벗어났을 때 바다는 거기에 있을까.

"…저기."

말해야 할지, 말을 걸고 망설였다. 머리가 무거워진다.

"응."

"여기가 꿈인 거 알고 있어?"

시야가 부예진 채로 물어보았다.

이랬다가 혹시 시로네가 꿈에서 깨기라도 하면 이 세상은 무너져 버릴지도 모른다. 위험한 질문이었다. 하지만 묻지 않을 수 없다.

내 안에 깃든 호기심은 제자리걸음이 싫은 듯했다.

맨 처음, 시로네는 눈을 동그랗게 뜨고 나를 쳐다보았다. 그러고는 벌레를 씹은 듯 얼굴을 찡그렸다. 단숨에 얼굴 주름이 늘어 흠칫했다.

"으음…."

시로네가 난처한 듯 눈을 가늘게 뜨고 하늘을 올려다보았다. 그러고는 이내 고개를 숙여 관자놀이에 손가락을 댔다.

"아, 내 머리가 이상하다는 결론이라도 괜찮아."

진지하게 생각에 잠긴 것 같아 덧붙여 두었다.

"오히려 그쪽이었으면 좋겠어."

소원을 토로하고 모래에 손가락을 찔러 넣었다. 종잡을 수 없는 그림을 몇 개쯤 그렸는데 파도에 지워졌다. 자기가 그리고도 네발 동물이 개인지 말인지 알 수 없었기에 빨리 지워져서 다행이다.

젖은 모래에 손을 곁들이고 파도 소리에 휩싸인 채 시간을 보냈다.

최대한 시로네를 보지 않은 채 기다린다.

"뭐… 확실히."

긴 공백을 두고 시로네가 입을 열었다. 겨우 시로네를 향해 눈을 돌릴 수 있었다.

"학생이 아닌데 세일러복을 입고 있는 건 이상했어."

좋아하지만, 하면서 스카프를 집어 들었다.

"뱃사람일지도 몰라."

"그건 안 돼, 멀미해."

무리라면서 시로네가 손을 내저었다. 그거라면 확실히 이상한 사람이다.

"그렇지만 어울려."

"고마워."

시로네의 목소리는 기쁜 듯했다. 하지만 미소는 없다.

"꿈이라."

시로네가 중얼거렸다. 그러고 나서 뒤로 누웠다. 그러더니 무슨 생각을 했는지 꿈틀꿈틀했다.

몸을 좌우로 꿈틀거리며 모래 위를 긴다. 뭐지, 뭐지, 하면서 기분 나쁘지만 지켜보았다. 조금 있다가 움직임이 멎고, 시로네가 불쾌한 듯 미간에 주름을 잡으면서 내게 보고했다.

"까끌까끌해."

"당연히 그렇겠지."

일어났을 때 등과 머리카락이 엉망이 되어 있을 것 같다.

"꿈인데도?"

"꿈이랑 관계가 있나?"

무엇을 확인하려 한 건지. 잘 표현할 수는 없지만 시로네의 행동도 조금 이해가 되었다. 모래의 감촉은 꿈에 불필요한 것이라고 생각한다. 그런데 의외로 견고하다.

좀 더 노골적이면 묘하게 고민하지 않아도 될 텐데.

"질문해도 돼?"

"해 봐."

드러누운 채 햇살에 눈을 가늘게 뜨고 시로네가 물었다.

"꿈과 현실의 차이란 뭐지?"

"실감이 있느냐 없느냐."

자주 생각하는 거라 바로 대답할 수 있었다.

"무언가를 축적하는 느낌이 안 들어."

매일은 유리잔 안의 액체를 끊임없이 뒤섞고 있는 것과도 같았다.

무미 무취의 투명한 그것을 휘휘, 휘휘 섞는데.

그것이 끝나지 않는다. 끝나서 액체가 사라져 버리는 것도 무섭지만.

"축적… 축적이라. 그럼 축적되는 게 있으면 현실과 다를 게 없는 것이려나?"

　시로네의 의문은 나를 시험하는 것처럼 들렸다. 어떻게 대답할까 망설이다가 결론이 나지 않는다는 것을 대답으로 삼았다.

　"글쎄."

　"내일 만나자고 약속해서 오늘 만나. 이건 작지만 하루의 축적이라고 생각하지 않아?"

　시로네의 눈이 자신과 나의 만남을 이야기했다.

　"꿈에서 얻는 건, 책과 영화에서 받는 감동이랑 뭐가 달라?"

　"…………………"

　"우선, 이런 걸 생각해 봤어."

　시로네가 일단 진정하듯이 거기서 끊었다. 꽤나, 듣기 좋은 의문뿐이었다.

　내가 공감을 가질 법한, 그런 사상들이 나열되어.

　다시 조금은 이 세상이 거짓처럼 느껴졌다.

　"두뇌 회전이 빠르구나."

　그야말로 처음부터 대답이 준비되어 있었던 것처럼.

　"보통 아닌가? 이 정도는 다들 생각해."

　"…그건, 글쎄."

　되짚어 보았다. 늘 걷는 길이 있었다. 그 저쪽 끝에 있을 마을을 상상한다.

마을에 사는 사람들은 그런 걸 한 번도 생각하지 않았으리라.

시로네가 일어섰다. 찰랑이는 머리카락 사이에서 모래가 떨어져 내려 궤적을 그렸다.

"있지, 내일은 멀리 나가 보지 않을래?"

"멀리?"

아니라고 하는 것처럼 시로네가 고개를 가로저었다.

"엄청 멀리."

두 팔을 한껏 옆으로 벌렸다. 뻗친 소매와 스카프가 바닷바람에 펄럭였다.

팔이 가늘어서인지 널어 둔 옷이 나부끼는 것 같았다.

"난 마을 밖으로 가 본 적이 없어, 아마도."

평소보다 자신이 없었는지 마지막에 약한 소리를 덧붙였다.

"나도 없어."

마을에 밖이 있는지도 의심할 정도니.

"그러니까 함께 꿈의 끝을 찾으러 가자."

시로네가 대체 어떤 의미로 그 말을 했는지, 바로는 알 수 없었다.

생각하기도 전에 시로네가 손을 내밀었다. 무슨 의미인지 처음에는 파악하지 못해 반응이 늦었다.

시로네는 미소를 지은 채 참을성 있게 나를 기다렸다.

뒤늦게 악수하자는 뜻임을 알아차렸다. 악수, 지식은 있어도 경험한 적은 없는 유대.

약속이 형태를 이룬 것.

긴장하면서 시로네의 손을 잡았다.

시로네의 손은 그 귀여운 모양과는 달리 모래투성이라 까끌까끌했다.

주어진 역할이라는 것을 생각한다.

내 진짜 부모는 꿈이나 인간의 마음 같은, 구름처럼 불확실한 것이다.

나는 이곳에서 어떤 기대를 짊어진 채 살고 있나?

시로네는 현실에서도 나와 사이좋게 지내고 있을까.

아니면 잘 지낼 수 없었기에 이곳에 '편리한 나 자신'이 있는 걸까.

자연스럽게 그녀에게 마음이 끌리는 나다.

어제와 마찬가지로 만나기로 약속한 시로네는 그녀의 선언대로 나보다 먼저 와서 기다리고 있었다. 파란 하늘 아래, 구름에 지지 않을 정도로 하얀 손을 흔든다. 오늘은 큰 배낭을 지고 있었다. 내가 손을 마주 흔들자 종종걸음을 쳐서 이쪽으로 다가왔다.

나는 짐을 별로 준비해 오지 않았기에 기합의 차이를 느꼈다.

"10분 기다렸어."

왠지 기쁜 듯이 내게 보고했다. 시계를 보는 습관이 없는 나는 10분의 길이를 잘 파악할 수가 없었다. 시간이란 헤아리지 않으면 틀에 얽매이지 않아서 결코 붙잡을 수 없다.

"미안해."

"됐어."

시로네의 미소는 태평했다. 공정한 것에 대한 기쁨일까.

만약 이곳이 시로네가 낳은 세상이라면 그녀는 우리들에게 어머니… 아니, 신 같은 것이 된다. 신과 동행하다니 조금 터무니없는 일이었다.

"역으로 가자."

시로네가 앞을 가리키면서 힘차게 말했다. 그 끝에는 메마른 밭밖에 없었다.

"역 같은 게 있었어?"

없다.

"없으면 앞으로 걸어가자."

시로네는 기죽지 않았다. 성큼성큼 전진한다. 난 그런 그녀를 따르면서 아마 머지않아 보이기 시작하리라는 예감을 가졌다. 역이라면, 전철이다. 전철에 타는 건가.

지식으로는 알고 있으며 텔레비전에서 본 적도 있지만 실제로 탄 적은 없다. 그 형태와 역 분위기를 상상해 보지만, 먹으로 칠한 듯 도중에 새까매지고 말았다.

"그러고 보니, 사람을 찾는 일은 이제 안 해?"

사람을 찾으러 마을에 왔다면 떠나 버려서는 찾을 수 없다. 하긴 시로네의 사람 찾기는 그 정도 정보를 가지고서는 순조로울 턱이 없지만.

"그쪽은 보류. 지금은 너와 있고 싶은걸."

시로네가 부끄러운 소리를 했다. 내가 시선을 피하자 시로네는 목적을 달성한 듯 빙그레 웃었다. 얼굴을 돌려 보이지 않을 텐데도 그런 걸 알 수가 있었다.

시로네가 가리키는 길을 똑바로 나아갔다. 밭을 벗어나니 바로 제방에 연한 길이 나왔다. 그곳을 걸어가자 다음에는 어느 사이엔가 나무줄기로 에워싸인 숲속이 되어 있었다. 흙냄새를 느끼면서 나무들 틈새의 빛을 향해 나아가니 큰 현수교 위였다.

사진을 포개어 가듯 풍경 변화가 심하다.

다리 위에서는 도중에 굉장한 기세로 달려가는 여자아이와 스쳐 지났다. 귀기 어린 모습으로 몸이 앞으로 쏠려 있었다. 어제 학교 운동장에서 본 여자아이인 것 같다. 확인하려고 돌아보았지만 그 즈음에는 벌써 등이 멀어져서 판별할 수 없었다. 높은 위치에서 묶은 머리카락이 좌우로 거세게 흔들리는, 그런 잔상만이 눈에 남았다.

"있지, 지금 그 아이."

시로네를 살폈다. 앞만 보고 있던 시로네가 이상한 듯 나를 돌아보았다.

"무슨 일이야?"

아무것도 걸리는 게 없었던 듯 순진무구한 반응.

시로네에게는 방금 지나간 아이가 보이지 않는 모양이다.

"그게… 아, 오늘은 잡히는 날이려나."

다리 아래를 흐르는 강의 상황을 물어보았다.

"오늘은 틀렸어."

흘끗 본 시로네가 즉시 판단했다. 다음에 질문하면 보지 않고 대답할 것 같았다.

하지만 시로네의 뜻대로 움직이는 것 같아 견딜 수 없는 세상에 그녀가 인지하지 못하는 불확실한 것이 있다. 이상한 일도 다 있었다.

꿈속에서도 자신이 좋을 대로 할 수는 없다.

자유는 어디 있을까.

그 후로 다리를 건너 또 다른 길을 걸었다. 마을에서 꽤 떨어지고도 불안하지 않다면 거짓말이다. 여기서 혼자 되돌아간다고 해도 잘 찾아갈 자신은 없다. 단, 걸음 수와 시간과 관계가 먼 우리에게는 아무리 걸어도 피곤하지 않았다. 전부 다 꿈속의 일이다.

이윽고 시로네가 말한 대로 역이 보이기 시작했다. 예상은 했으므로 놀랍지는 않았다.

다만 여기서 더 멀리 간다는 것에 불안이 커진다.

"있었어."

"응."

흘러 들어오는 차가 끊어지기를 기다려 차도를 횡단했다. 그대로 종종걸음 쳐 입구로 향했다. 마을 밖에도 차가 달리고 있어 남몰래 놀랐다. 이 차들은 어디서 왔고, 누가 탔으며, 어디로 가는 걸까. 유심히 봐도 운전석은 흐릿해서 사람의 모습이 판별되지 않았다.

가는 길에 있는 파출소를 들여다보니 어제 주스를 팔던 점원이 앉아 있었다.

역이 가까워짐에 따라 건물 그림자가 뻗으면서 퍼진다. 그림자 아래를 걸으니 순간 겨울이라도 찾아온 듯 냉기가 살갗을 굳혔다. 지금은 어떤 계절인지 혼란스러웠다.

한낮의 역은 사람이 드문드문하고 그 얼굴도 마을에서 본 것이 많았다. 장소는 바뀌지 않고 건물만 바뀌었는지도 모른다.

역 안은 내가 아는 건물 중에서도 파격적으로 넓었다. 그렇다 해도 지식으로만 아는 도시의 역에 비하면 강과 물웅덩이만큼 차이가 난다. 들어서면 바로 눈앞에 빵집이 있어 풍겨 오는 냄새가 고소했다.

시로네의 안내를 받아 2층으로 올라갔다. 에스컬레이터가 도착한 끝에서 표 파는 곳을 금세 발견했다. 기념품 매장 앞을 통과하여 차표를 사려고 기계를 조작했다. 처음이라 조금 애를 먹었다.

금액도 목적지도 분명하지 않은 채 발권되어 나온 차표를 받아 들고 개찰구를 지났다. 게시판에 시간과 행선지가 표시되어 있으나 흐릿하여 알아볼 수 없었다. 중요한 부분은 늘 이렇다. 읽는 걸 포기하고 계단을 올라 승강장으로 나갔다.

올라가자 순간 바람이 술렁였다. 웅웅거리는 소리로 바람의 흐름이 전해진다.

전철을 기다리는 승객이 적어 한산했다. 그 덕분인지 불어오는 바람에 막힘이 없다.

바깥과 달리 그림자 아래 서 있어도 한기는 느껴지지 않았다.

대합실 의자에 텅텅 빈 흡연실. 말로만 듣던 매점은 구내에서 봤으나 위에는 없는 듯했다. 사람 골탕 먹이듯 승강장 남단에 휴지통이 놓여 있다. 감탄하면서 한바탕 조망했다.

"역이 그렇게 신기해?"

시로네가 침착성 없는 나를 지적했다. 촌사람 취급을 받은 것 같아 살짝 부끄러웠으나 "뭐, 그렇지." 하고 순순히 인정했다. 점잔을 빼 봤자 별수 없다. 그보다는 나도 담백한 시로네를 지적했다.

"넌 여기를 아는 것 같네."

구내 사정도 아는 눈치였고.

내 말을 듣고서야 그러고 보니, 하며 시로네가 두리번두리번 좌우를 둘러보았다.

"그러고 보니, 그러네. 난 온 적이 있는 것 같아."

"흐음."

역시, 그런 것일까.

전철이 오기를 기다리는 동안 문득 뒤를 돌아보았다. 대합실 의자 뒤에 놓인 큰 간판을 보고 나는 처음으로 내가 사는 마을의 이름을 알았다. 현실에도 존재하는 이름일까.

꿈을 꾸는 누군가도 여기 살고 있을까 생각해 본다.

눈을 감자 머리와, 뼈와, 가죽과. 얇은 간극 너머에 사람의 숨결이 느껴졌다.

"왔어."

시로네의 목소리에 뒤를 돌아보았다. 그리고 또 한 번 돌아보았다.

"이쪽에도 전철이 왔는데."

맞은편 선로에도 전철이 대기하고 있었다. 어느 쪽이 어느 쪽으로 가는지 알 수 없다. 시로네도 두 전철을 번갈아 보고 "모처럼이니 이쪽으로 하자."라며 지금 들어온 쪽을 골랐다.

뭐가 모처럼인지는 알 수 없지만 시로네의 선택에 따르기로 했다.

세워진 전철과 승강장 사이에는 작은 틈이 있었다. 내 발이 들어갈 만한 틈은 아니다. 그런데도 구멍 위를 건넌다는 데 약간의 용기가 필요했다.

객실에 올라탄 뒤 둘이서 안쪽 자리에 걸터앉았다. 나중에 다른 승객도 들어와서 듬성듬성하게 다른 자리를 채웠다. 아직 출발할 예정이 아닌 듯 문은 열려 있다. 지금이라면 아직 나갈 수 있었다. 그렇지만 나는 창가 쪽 자리에 앉았고 옆자리를 시로네가 채운 상태다.

본인은 의식하고 있지 않겠지만 나를 가둔 형태가 되었다.

열린 문으로 흘러드는 바람이 폐쇄감을 누그러뜨린다.

시로네는 짊어지고 있던 배낭을 내려서 끌어안듯이 들었다. 귀여운 몸짓이었다. 가지런히 모은 발을 무심코 바라보느라고 시선이 내려갔다. 벌써 신발을 벗고 맨발의 발가락을 벌렸다 오므렸다 하고 있었다.

"맨발을 좋아하는구나."

"안정이 되는걸?"

삐, 하며 엄지발가락을 세워 나를 가리켰다. 내게 권하는 것 같지만 못 본 걸로 했다.

그건 그렇고, 이 전철은 확실히 앞으로 나아갈까. 롤러코스터처럼 갑자기 튀어 오를지도 모른다는 생각에 경계하고 있는데

문이 닫혔다.

드디어 달리기 시작하는 모양이다.

어쩌면 이 마을에는 이제 돌아올 수 없을지도 모른다.

아니. 애당초, 여기는 내가 사는 마을인가 하는 문제이기도 하다.

꿈에 뒤와 앞, 즉 깊이는 있을까.

깊이 생각하니 머리가 핑핑 돌면서 녹아내려 풍경 속으로 사라져 갈 것 같았다.

걸쇠가 풀린 듯 크게 한 번 흔들리고. 전철이 움직였다.

배의 닻이 올라가는 감각과 비슷했다.

"우와, 우와, 우와."

몸이 좌석째 앞으로 나아간다.

몸을 움직이지 않고도 이동한다는 건 신선한 감각이었다. 게다가 꽤 흔들려서 차 안을 둘러보았다. 덜컹덜컹 흔들리는데 똑바로 달릴 수 있다는 것도 왠지 기묘한 느낌이다.

이게 자전거라면 너무 불안정해서 직선으로 달릴 수 없을 것이다.

이상하다, 엉덩이가 뜬 느낌이라 적응이 안 된다. 이게 현실적인 건지 꿈이라 운 좋게 나가는 건지… 전철에 대한 지식이 별로 없어서 알 수 없었다. 그리하여 머리가 어질어질한데 웃음소리가 들려 시선을 떨구었다. 시로네가 유쾌한 듯 나를 감상하고 있었다.

"전철 마음에 들어?"

"반대야, 안정이 안 돼."

덜커덩 하며 크게 오른쪽으로 기울어 엉겁결에 핏기가 가셨다. 창밖을 내다보니 아무 일 없다는 듯 풍경이 움직이고 있었다. 기울어져 있지도 않았다. 그리고 문득 생각났는데, 전철이라는 건 안전벨트도 없나. 강한 충격이 있으면 그대로 앞자리에 머리라도 박을 것 같았다.

불안해졌다. 그런 나를 꿰뚫어 본 듯 따뜻한 것이 손을 낚아챘다.

시로네다. 움켜쥔 손을 들어 과시하듯 미소 지었다.

"안정이 돼?"

"…음~ 애매해~"

이번에는 손바닥이 까끌까끌하지 않았다. 포근포근한 감촉에 뺨이 근지러워졌다. 누군가에게 닿는다는 경험이 적은 탓인지 이런 일에도 바로 마음이 들뜬다.

시로네와 만나 접촉할 때마다 나라는 존재는 변질된다.

태양이 내리쬐는 빛을 받듯이 시로네가 무언가를 발하여 그것을 받아들이는 걸까. 그리고 정체 모를 그것은 나를 개조해 간다.

누군가를 좋아하게 될 때 인간은 정보가 갱신된다.

그 사람을 좋아하는 내가 되고 그 사람의 마음에 들고 싶은 내가 된다.

인간은 쉽게 거듭나고, 그건 어떤 의미에서는 매우 근사한 계기인지도 모르지만.

소원이 공기처럼 떠도는 꿈속 세상에서는 어떨까.

전철이 시가지를 벗어나자 창밖으로 보이는 풍경은 바다로 물들었다. 각도가 달라서인지 바다 색깔과 빛 형태 또한 정취를 달리했다. 구체적으로는 매우 눈부시다. 눈을 뜨고 있을 수 없을 만큼 해면이 눈부시게 빛났다. 손으로 차양을 만들며 바다를 내려다보았다.

바다 위에 놓인 레일을 전철이 달려 나간다.

언젠가 내가 그렸던 형편없는 그림처럼 온통 짙푸른 색으로 채워져 있었다.

"와아."

시로네가 짧은 탄성을 내뱉었다. 내게 어깨를 딱 붙이듯 조금 야단스러울 정도로 상체를 내민 채 바다 풍경을 즐긴다.

잡힌 손에 시로네의 힘이 실리는 걸 느꼈다.

"왜 바다나 하늘이 좋은지 알겠어."

"응?"

"난 파랑이 좋은 거야."

창문 너머에 엷게 비친 시로네가 웃는 것처럼 보였다. 시로네도 파란색에 잠긴다.

좋은 취향이다.

"나도 좋아, 파란색."

동의했다. 하지만 파란색에 대한 시로네와 내 생각은 비슷하면서도 다르게 느껴졌다.

"아아, 바다가 끝났다."

다른 시가지에 접어들어 바다가 보이지 않게 되자 시로네가 탄식했다.

"조만간 또 볼 수 있을 거야."

"그러네."

시로네는 금방 기분을 풀었다. 손은 서로 움켜쥔 채다.

"판매 카트가 오면 아이스크림 사지 않을래?"

"좋긴 한데, 전철에 그런 게 와?"

신칸센에서 자주 보는… 그런 것이라고 생각했었다.

"글쎄~?"

말을 꺼냈으면서 모르고 있고, 게다가 유쾌한 표정이었다.

전철이 멈추었다. 다른 역에 도착한 모양이다.

"여기는?"

차내 방송을 놓쳐 역명을 알 수 없었다. 열린 문으로 승객이 몇 명 내렸다. 역은 아까 전보다 개방적인 느낌으로 황무지 같은 승강장만 있었다.

대합실 의자는 몇 년이나 사용되지 않은 듯 때가 타고 변색되어 있었다.

시로네를 보았다. 우리는 어떻게 할지 의논했다.

"내릴래?"

"비싼 표를 샀으니까 좀 더 멀리까지 가자."

"엇, 그래?"

시키는 대로 샀기에 금액의 가치를 몰랐다.

그렇단 말인가, 하며 멍하니 역의 모습을 바라보는데.

흠칫했다. 뒤통수에서 등으로, 한기가 몸을 가르듯이 흘렀다.

내린 승객이 사라졌다. 전철이 달리기 시작한 순간 사라져 버렸다.

빛에 휩싸여서라든지 연기처럼이라든지 하는 전제도 없이 휙 한순간에.

잘못 봤나 하는 생각에 집어삼킬 듯 쳐다보는 사이 전철은 역을 떠나 버렸다.

"아, 또 바다다."

시로네의 들뜬 목소리도 한기를 쫓을 순 없었다.

전철의 행선지를 내다보려고 몸을 틀어 창문에 얼굴을 가까이 댔을 뿐인데 식은땀이 멎지 않았다.

"…있지. 다음 역에서 내리지 않을래?"

공포를 겉으로 드러내지 않으려고 노력하면서 시로네에게 제안했다.

시로네는 태평하게 턱을 살짝 갸웃했다.

"어째서?"

"어째서냐니… 분명히 말하자면, 왠지 모르게 무서워졌어."

왠지 모르게라는 말에 분명한 게 있는지는 모르겠지만.

막연한 불안이 비구름처럼 퍼지기 시작했다. 그것은 나를 구성하는 연한 복숭앗빛 같은 확산에 섞여 뿌리 깊이 침식해 들어온다.

"괜찮아, 나와 함께 있잖아."

시로네의 대답은 근거도 없이 낙관적이었고. 그럼에도 잡혀 있던 손이 들리자 마음이 평탄해질 만큼 힘이 되었다.

"…그래. 네가 있으면 안정이 돼."

그야말로 사고가 백지가 될 만큼. 오른쪽을 보니 조금 전 시로네가 말한 것처럼 바다가 보였다. 수심이 얕은지 녹색이 먼 곳까지 번져 있다. 시야 끝에 담듯 멍하게 바라보고 있으니 자연스럽게 눈꺼풀이 내려갔다. 눈을 감으니 모든 것이 새까맸다. 사라지네 마네 하는 소동 따위는 먼 일이 되었다. 손가락 하나 까딱하지 않고도 많은 것을 세상에서 없앨 수 있다면 과연 확실히 겁낼 것 따위는 없을지도 모른다.

전철이 달리는 소리와 시로네의 손가락 열기가 어둠 속에 떠오른다.

주행음은 머리를 쿡쿡 찌르듯이 울리고, 살갗의 온기는 먼 곳에 희미한 빛을 심었다.

"졸려?"

"…모르겠어."

졸린 게 무얼까 문득 생각했다. 나른한 것일까.

나는 밤중에, 졸려서 자는 게 아님을 깨달았다.

하루가 끝난다고 생각하고, 밤이 나를 뒤덮고, 그리고 눈을 감는다.

내 잠은 아마 죽음을 닮았으리라.

전철이 한 번 크게 흔들렸다. 몸이 흔들리자 속눈썹이 눈 밑을 어루만져 간지러웠다.

"괜찮아?"

시로네에게 물었다.

"괜찮아."

예상하고 바라던 답이 돌아왔다. 그러고는 시로네가 내게 물었다.

"있잖아, 가 보고 싶은 곳은 있어?"

"음…."

말하면 데려가 줄까. 가고 싶은 곳이라고 중얼거리자 혀 안쪽에서 걸리는 게 있었다. 어딘가 가고 싶다, 닿고 싶다고 줄곧 바라 왔던 느낌이 든다. 하지만 그것은 젖은 종이 끝을 손가락으로 집듯 불확실하고, 위태롭고, 결코 구체적인 형태를 이루는 것이 아니었다.

"있었던 것 같은데, 생각이 안 나."

"그렇구나."

음성은 변함없이 다정했다. 그렇지만 그 짧은 대답이 바닥에

스치듯 딱딱한 성질을 띤다고 느낀 건 기분 탓일까. 목소리의 시작부와 맺음부가 조금 딱딱하다.

"도착하면 깨워 줄게."

"안 잔다니까."

어디 도착하면? 이라고는 생각했지만 묻지 않았다. 길고 복잡한 대화가 괴롭다.

역에서 사라진 사람들처럼 머리끝부터 조금씩 새하얘지고 있는 게 아닐까. 즉, 머리카락부터 사라진다. 싫다, 그건… 이라고 생각하는데 어깨에 얹히는 것이 있었다. 손가락과 마찬가지로 열기가 빛을 낳았다. 시로네가 어깨를 붙인 듯했다.

그 가뿐한 무게라는 모순된 표현에 어울리는 질량이 사슬처럼 나를 이곳에 붙들어 맸다.

전철은 계속 달렸다. 어디로? 다음 역으로. 다음이란 어디일까?

우리도 다른 사람들처럼 사라질까, 아니면 다다를 수 있는 어딘가가 있을까. 문득 손가락에 힘이 들어가자 그에 응답하듯이 시로네의 손가락이 마주 잡았다. 그것은 매우 기분 좋은 소통이었다. 시로네 또한 그것을 강하게 바라는 것처럼 생각되었다.

"……………………."

이것이 시로네가 원한 꿈이라면 난 그녀의 취향 그 자체일까.

쑥스러운 것 같기도 하고 부끄러운 것 같기도 하고 기분 나쁜 것 같기도 하고.

내가 시로네에게 호감을 느끼는 것도 주어진 것일까, 아니면 생겨난 것일까. 어째서 함께 있는 걸까. 시내를 돈 건, 전철에 함께 타고 있는 건 누구의 의지일까. 답 같은 건 없어서, 어느 것이든 스스로 납득할 수밖에 없다고 생각했다.

아무것도 더하지 않던 매일은 시로네로 인해 축적되는 듯 되었다.

내가 그것에 불만을 느껴, 이끌리듯 만나서.

시로네가 있어 여기까지 왔고, 시로네가 있기에, 시로네가.

시로네가, 내 전부가 되려고 했다.

오싹하여 눈을 떴다. 어둠은 색에 물들고 형태를 얻는다.

맞잡은 손이 보인 후, 전철 소리가 선명하게 귓속으로 흘러들었다.

얼굴을 들었다.

내 바로 옆에서 분위기를 살피는 듯한 시로네를 응시했다.

"깼어?"

"넌 내게 무척 편리해."

대화를 무시하고 깨달은 사실을 전했다.

내가 원한 답을 들었고 원한 온기가 있다.

내가 바란 일인 것처럼.

"그래서 이건, 내가 꿈꾼 곳일지도 몰라."

시로네 같은 상대가 있었으면 좋겠다고 생각하는, 그런 나를 누군가가 꿈꾸었다.

복잡한 것을 바라는 사람도 다 있다.

꿈속에서 꾼 꿈이 지금, 서로의 손을 맞잡고 있다.

"네가 나를 원했다면 몹시 기뻐."

시로네는 내 발언을 곧바로 이해했다. 그야말로 머릿속이 이어져 있는 듯. 그리고 달콤한 본심을 토로하듯이 시로네의 미소는 따뜻했다.

그처럼 다정하게 받아들이는 분위기 하나하나에 얽매이는 내가 있었다.

하지만. 움켜쥔 손을 치켜들었다.

"저기, 이 손을 놓으면 나도 사라져?"

전철은 아까부터 역에 서지 않았다. 하지만 내리지 않은 승객도 사라져서, 차 안에 남은 사람은 우리뿐이었다.

"너, 나를 어디로 데려갈 셈이야?"

시로네가 찾고 있던 인간이란 역시 나일까.

시로네는 난처한 듯, 웃을 뿐 아무런 대답도 하지 않았다.

그것을 보니 한숨이 흘러나왔다.

이대로 둘이서 어디론가, 라는 것도 나쁜 이야기는 아니다.

그러나 시로네로서는 본의가 아니겠지만 내 소원은 따로 있었다.

"나, 돌아갈까 해."

시로네의 손을 놓았다. 실이 끊기듯이 팔에 실리는 힘이 사라졌다. 순간 외풍처럼 숨어드는 불안을 나는 어금니를 악물어 견뎠다. 받아들이고, 삼킨다.

시로네는 미련이 남는지 펴진 손가락을 한 번, 두 번 오므렸다.

애매하게 미소 지으며 나를 쳐다보았다.

"어째서?"

"확실히는 몰라. 그냥, 뭘 깜박하고 온 느낌이야."

여기에 있으면 안 될 것 같다. 조바심마저 든다.

그것은 조금 전의, 가고 싶은 곳에 대한 기억과 이어져 있는지도 모른다.

출입구의 전광게시판을 올려다보았다. 아무것도 쓰여 있지
않았다.

"다음 역에서 내려 돌아갈래."

"다음 역이 없으면?"

시로네의 목소리에 잿빛이 섞였다. 밋밋한 시가지의 분위기
와 비슷했다.

"없으면, 이렇게 할 거야."

창문에 손을 걸치고 밀어 올렸다. 전철 창문이란 열리는구
나, 하고 내가 해 놓고도 놀랐다. 아니, 내가 열고 싶어 했기에
부응했을 뿐이리라.

신이 세상을 만들었다 해도 나는 눈앞의 돌을 주워 들 수 있
다.

내 의사로 무언가를 움직일 수 있다.

우리는 세상을 아주 조금씩 바꿀 수 있다.

창밖을 내다보니 아래는 또 바다였다. 색깔은 얕은 수심을 나
타내는 듯한 녹색이 아니라 꿰뚫고 들어가는 파랑.

이 정도면 가능하겠다는 생각에 상체를 내밀었다.

"잠깐, 잠깐!"

"괜찮아. 헤엄치는 것도 좋아하거든."

황급히 가로막는 시로네 앞에서 태연함을 가장했다. 그러나 마음속으로, 헤엄치는 건 자신 있지만 뛰어내리는 건 무섭다고 비명을 질렀다. 열어젖힌 창문을 통해 차 안으로 불어드는 바람은 차갑게, 날카롭게 마음에 휘몰아쳤다. 만류하는 듯한 그것에 발을 내밀어 버티며 저항했다.

막아도 소용없음을 깨달은 듯 시로네는 다른 의견을 꺼냈다.

"나도."

함께 갈래, 하면서 시로네가 엉덩이를 떼었다. 그런데 그에 포개지듯 안내 방송이 들렸다.

그 차내 방송에 반응하여 시로네가 엉거주춤 선 채 천장을 올려다보았다.

"부르고 있어."

내게는 없지만 시로네의 기억에는 있는 목소리인 것 같았다.

"넌 이대로 전철을 타고 돌아가는 편이 좋을 것 같아."

누군가가 부르고 있다면 더욱 그렇다.

시로네가 나를 떨리는 시선으로 보았다. 반쯤 열린 입이 짧은 말을 중얼거리지만 전철의 주행음과 바람이 방해하여 알아들을 수는 없었다.

"…그러게."

탈진한 듯 다시 앉은 시로네의 옆얼굴에 적막이 깃들었다. 눈과 눈썹을 떨구어 그림자가 생겼다.

눈을 꼭 감고 침통함을 억누르는 기색을 보였다. 그러고는 왼쪽 눈을 틀어막듯이 얼굴을 손바닥으로 덮었다. 입꼬리가 웃는 게 보였다. 자조하는 것 같았다. 무언가를 견뎌 내듯 얼굴을 들었다.

"전하고 싶은 말이 있어."

시로네의 말투가 다소 딱딱해졌다. 그 얼굴에서 다른 사람의 모습을 보았다.

받아들이는 것 또한 나를 매개로 한 다른 인간 같다는 착각이 들었다.

"너의 긴 머리카락이 매우 예쁘다고 생각해. 진심으로, 그렇게 생각하고 있어."

전달된 그 말에 순간 모르는 풍경을 보았다.

떨어져 있는데도 등에 사람의 온기가 느껴지는 듯했다.

"고마워."

나도 진심으로 감사를 표했다. 그러자 깜박했던 말을 전해 받은 듯 막힌 가슴이 뚫렸다. 미련이 사라지는 감각에 당황했고, 그러나 동시에 충족되어 아랫입술이 파르르 떨렸다.

내 속에 없는 것으로부터 농락당하면서 묘하게 상쾌함이 남았다.

그 느낌이 사라져 버리기 전에 가기로 결심했다.

"갈게. 바다가 끊기기 전에 가야지."

창문을 내다보았다. 꽤 거리가 있는 해면을 앞에 두고 침을 삼켰다.

용기다 용기, 하면서 창틀에 다리를 걸친 순간, 마지막으로 돌아보았다.

시로네는 웃고 있었다. 하지만 금방이라도 눈물을 쏟을 것처럼 눈매가 일그러져 있었다.

시로네가 말했다.

"넌, 늘 그렇구나."

그 말의 의미를 듣기 전, 몸은 이미 반 이상 내던져져 멈출 수 없었다.

온통 파랑.

파란색을 향해, 바다가 사라지기 전에 창문에서 몸을 떼었다. 바람을 가르는 휘오오오 소리와 비명이 포개져서 함께 낙하했다. 충격과, 물을 튀기는 소리에 귀가 먹먹했다. 진흙탕 속으로 푹푹푹 가라앉는 것 같았다.

귓전의 소리가 거품을 뿜는 듯 떨어지지 않았다. 그런 가운데 자세를 바꾸어 해면을 노려보았다. 거품이 오르는 쪽을 표식 삼아 손발을 움직였다. 물 덩어리를 좌우로 헤쳐 빛을 잡으려고 팔을 뻗었다.

숨이 차오르기 전에 해면으로 튀어나왔다.

바다에 휩싸였다가 빠져나왔으니 그 끝도 당연하다는 듯이 온통, 바다였다.

바다가 있다. 구름이 뻗어 나간다. 내 팔이, 헤친다.

논리 정연하게 앞으로 나아가는 전철에서 떨어져 나오고도 나는 사라지지 않았다.

내가 튀어나온 세상은 저 멀리까지 확실하게 이어져 있었다.

방울져 떨어지는 바닷물을 떨쳐 내듯 머리를 계속해서 내저었다. 철도교 기둥 쪽을 돌아보았지만 전철은 이미 다리 위를 달려가 버린 후였다. 빙글빙글 돌기만 해도 몸이 무거웠다. 옷을 입고 있기 때문이리라.

"......................."

시로네는 현실로 돌아가는 걸까?

우리의 만남에는 어떤 의미가 있었을까?

꿈과 현실이 교차하는 이곳에 무엇이 남는 걸까.

부디 조금이라도 서로의 마음을 풍요롭게 할 수 있었기를 바라 마지않는다.

그것이 만난다는 것이라고 생각하므로.

크게 심호흡하여 숨을 고르고 강한 햇볕에 앞머리를 태우며.

"자, 그럼."

둥실둥실 떠서 현재 상황을 파악했다.

꿈이라고 딱히 적당하게 해결되진 않는 모양이다.

자력으로 해안까지 돌아가라는 건가.

그래서 좋다니까, 하면서 퍼 올린 물이 손가락 틈새로 흘러내리는 것을 지켜보았다.

배 속으로부터 훗 하고 웃음소리가 흘러나왔다.

"헤엄쳐 주겠푸하!"

바닷물을 벌컥벌컥 마시면서 선언하고 팔을 움직였다. 첨벙첨벙 수면을 갈라 열심히 헤엄쳤다. 다리를 따라 되돌아가면 머지않아 어딘가에 도착하리라. 중요한 건 이미지다.

난 돌아갈 수 있다. 돌아갈 곳이 있다.

그곳에 다다르는 건 지금의 나다. 얻은 걸 통째로 부둥켜안아 결여되는 일도, 새로 태어나는 일도 없는 나다. 이곳에 있는 내가 움직이고, 내가 그곳에 있을 것이다.

꿈속과, 이어진 곳에, 살아 있다.

굳게 믿고서 헤엄쳤다.

해변에 다다랐을 즈음에는 더 이상 팔이 올라가지 않았다. 유목流木을 매단 기분이었다. 허리 위가 해면을 벗어나자 하반신도 진창에 휩싸인 듯 무겁다. 죽을 것 같다며 바닷물을 토했다.

이마와 눈썹에 달라붙은 앞머리를 치우는 것조차 귀찮았다.

이런 피로는 바라지 않았다. 그렇다면 이 가차 없이 무거운 짐은 어떤 의미에선 현실이라는 놈일지도 모른다. 현실은 바라지 않는 것도 들이민다.

나는 꿈을 부정한 것이다.

어차피 아무도 안 볼 거라 생각하고 그 모습 그대로 터덜터덜 모래사장에 올라갔다.

올라가 보니 그곳 모래에 다리가 돋아 있었다.

어? 하면서 얼굴을 들었다.

여자아이가 눈을 동그랗게 뜨고 나를 맞이했다.

깜짝 놀랄 여력도 없었기에 있구나, 하며 바라보는 데 그쳤다.

"물귀신?"

"…자루바가지*는 필요 없어."

스커트 끝을 한데 모아서 쥐어짰다. 그러고 나서야 앞머리를 쓸어 올리고 비로소 한숨을 돌렸다.

활발한 인상을 지닌 여자아이가 다소 엉거주춤하면서도 나를 관찰했다. 누군가 했더니 세차게 달리던 그 아이였다. 지금도 달리는 중이었는지 모래사장에 깊은 발자국이 가득했다. 그 발은 지금 내게 주목하여 움직임을 멈췄다. 새삼스럽게 정면에서 확인하니 시로네와 조금 닮아 있었다.

머리 모양과 자세로 크게 인상이 달라져 있는데… 흉내를 내면 판박이이지 않을까.

그 아이를 마주 보는데 왠지 납득이 가는 게 있었다.

깜박한 것을 발견한 듯한 기분이었다.

"내가 방해했어?"

"아니."

여자아이가 실실 웃었다. 그러고는 바다를 가리켰다.

"이 바다, 헤엄칠 수 있을 만큼 따뜻했어?"

"아… 글쎄."

※자루바가지 : 일본의 민간설화로 배를 탄 사람들 앞에 나타나 자루바가지를 내놓으라고 하는 물귀신의 이야기. 무심코 내주면 그 바가지에 물을 가득 담아 배를 침몰시킨다고 한다.

온도를 느낄 여유도 없었다. 느끼려고 하자 살갗을 타고 흐르는 그것으로 금방 알 수 있었다.

하지만 일부러 아무 일도 하지 않고 그저 그것을 기다렸다.

"바다는 만남의 장소구나."

"응?"

"후후훗"

이번 여자아이는 나를 어디로 데려가 줄까.

눈을 감으면서 다가오는 것에 몸을 맡겼다.

모래사장에 선 내 발목을 흰 파도가 감싼다.

파도의 온도가 계절과, 이곳에 있는 것을 가르쳐 주었다.

당신을 바라보며

계속 전하고 싶었던 말이 있다.

좋아한다고 하는 것과 비슷하지만 한층 더 자기중심적이고 비도덕적으로.

그래서 말하지 못하고 있다.

뜨거운 물에 찻가루가 녹는 냄새가 난다. 나는 그것을 알아차리지 못한 척하며 카운터 위의 턱받침을 허물지 않았다. 펼친 문고본의 글씨가 절반도 눈에 들어오지 않게 되었다.

선반에는 찻잎 통이 비좁게 진열되어 있었다. 녹차에 홍차, 여름에는 보리차도 놓는다.

바깥의 황록색 지붕에는 '차'라고 쓰여 있을 뿐이다. 손님이 들어오는 모습을 거의 맞닥뜨릴 수 없지만 업종을 변경하지 않고 지금에 이른 것으로 보아 어떻게든 되고 있는지도 모른다.

그 좁은 가게 안은 확실히 차 냄새로 가득했다.

춥고 황량한 계절, 꽁꽁 닫혀 있는 가게로 어디선가 외풍이 불어든다. 시내에 세워진 오차야*는 예로부터 전해 내려오는

※오차야(お茶屋) : 중세에서 근대에 걸쳐 일반적이었던 일본 휴게소의 한 형태. 주문에 따라 차와 화과자가 제공된다. 현대 일본인들에게는 일종의 향수를 불러일으키는 곳이다.

전통을 지키면서 삐걱거리고 있었다. 건너편 병원은 주변 건물로부터 양분이라도 빨아들이는 듯 홀로 커져 간다. 그리고 빨린 쪽은 당연히 시들하게 빛바래 간다.

그렇지만 그 아련한 분위기와 독특한 냄새가 섞이면 이상하게도 마음이 안정되었다.

휴일에는 친척의 가게에서 아르바이트생 흉내를 내고 있다. 시급은 정말 얼마 안 된다.

왜 그런 일을 하느냐고 누가 물으면 한가해서라고 변명한다.

조금이라도 저금해 두자고 변명한다.

하지만 본격적으로 일하는 이유는 고달파서라고 변명한다.

목적은 따로 있었다.

그 기척을 느끼고 얼굴을 들었다.

아름다운 밤색 머리카락 끝이 제일 먼저 눈에 들어온다.

"차 마실래?"

"아, 네."

턱받침에서 턱을 떼고 대답했다. 이리 오렴, 하듯이 작게 손짓하더니 안쪽 방으로 사라졌다. 황급히 일어서려다가 무릎을 찧었다. 아랫입술을 깨물어 아픔을 참고 안방으로 향했다.

지금 얼굴을 내민 사람은 내 고모다. 아버지의 여동생에 해당한다. 나이는 마흔에 가깝다.

적어도 나는 미인이라고 생각한다.

매 순간의 몸짓과 태도에서는 동경심이 들 정도로 지성도 느껴졌다.

물건이 잡다하게 놓인 좁은 복도를 지나 안쪽 방으로 들어갔다. 유리문을 열자 히터의 열풍이 맞이한다. 바로 문을 닫았다. 안에서는 코타츠에 앉은 고모가 찻잔에서 피어오르는 수증기에 입김을 불고 있었다.

얇은 입술은 건조하여 조금 갈라져 있었다. 고개를 숙이느라 눈가에 떠오른 그림자가 희미한 피로감을 그린다. 찻김처럼 하얀 피부는 방 온도에 따라 홍조가 생기고, 색조가 수수한 니트를 목 끝까지 두텁게 껴입고 있다. 추위를 타는 경향이 있음을 최근에 알았다.

그리고 그 눈동자.

"......................"

피부와 머리카락의 윤기는 20대 후반 정도가 적절하지 않나 생각하고 만다. 빛의 양 때문에 그런 게 아니라, 어두운 데서 봐도 고모에게서는 실제 나이가 느껴지지 않는다. 그러면서도 나이에 걸맞은 차분함 또한 갖추고 있어 비슷한 나이 또래의 엄마와 비교해도 꽤 달랐다.

이 고모에게 옛날부터 마음이 쓰여서 견딜 수가 없다.

거기에는 아마 많은 이유가 있으리라.

집에는 고모와 나밖에 없다. 가게도 내팽개친 꼴이 되지만 경영자인 고모가 신경 쓰는 기색은 없었다. 코타츠를 사이에 두고 마주하듯 앉았다. 방구석에는 고모가 침대 대신 사용하는 낡은 느낌의 소파가 있고 정돈하지 않은 담요가 펼쳐져 있다. 또 그 위에는 표지가 접힌 여행 잡지와 지역정보지가 흩어져 있었다.

"자, 마셔."

고모가 찻잔을 내밀었다. 히다규*라고 쓰인 울퉁불퉁한 감촉의 찻잔이다.

"고맙습니다."

받아 들고 살짝 마셔 보았다. 강한 열기가 혀와 입술에 밀려왔다.

그 후 찾아오는 맛에 조금 놀랐다.

"홍차네."

※히다규(飛驒牛) : 일본 기후현 히다 지역 일대의 명물인 소고기 브랜드.

일본풍의 도자기 찻잔이었기에 녹차의 이미지가 앞섰다.

"홍차가⋯."

고모가 뭔가 말하려 했다. 그렇지만 도중에 움직임이 멈췄다.

눈은 뜬 채 살짝 웃는 것처럼 보였다.

"고모?"

"뭐, 됐어."

고모가 눈을 돌렸다. 그 몸짓을 보고 흠칫 놀랐다.

고모의 왼쪽 눈은 움직였는데, 오른쪽 눈은 그 움직임을 따르지 않는다.

홀로 남겨진 듯 관계없는 방향을 향하고 있었다.

눈에 띄진 않더라도 얼굴의 움직임이 수반되지 않으면 그렇게 겉으로 위화감이 드러난다.

눈을 떨구고 싶어지는 듯한.

더 강렬하게 쳐다보고 싶은 듯한.

통증이 있는데, 그럼에도 그에 다가가려고 하는 모순된 욕구.

예를 들어 갓난아이가 의도치 않게 사람을 죽인다면 어떻게 될까?

법률 따위의 문제가 아니라, 갓난아이가 성장하여 인격이 단단해져서 전혀 기억에 없는 과거를 알게 된다면 그 일을 어떻게 마주해야 할까. 무언가를 속죄하지 않으면 안 될까?

이런 걸 생각하는 나는 딱히 살인자가 아니다.

따라서 그렇게까지 엄청난 일은 아니다.

그렇다 해도 그것에 조금 가까운 것을 나는 짊어지고 있다.

나는 이 고모의 오른쪽 눈을 빼앗았다.

…라는 모양이다.

내가 한 살 하고도 2개월 정도 되었을 때의 일이다. 그래서 당연하게도 아무것도 기억나지 않는다. 나와 놀아 주던 고모의 눈에 장난감의 살짝 뾰족한 부분이 박혀 오른쪽 눈의 기능이 상실되었음을 한참 지나서 들었다. 그때 수술로 검은자위가 작아졌기 때문에 고모는 의안을 끼고 있다.

정면에서 봐도 의안을 꼈나 싶을 정도로 평소에는 구별이 안 간다. 고모도 생활에는 별로 지장이 없는 듯했다. 사흘에 한 번은 빼서 씻지 않으면 안 되는 게 아주 귀찮다고 예전에 말했었지만, 그 이상 직접적으로 불평을 한 적은 없다.

나를 비난하면 곤란하다. 그렇지만 고모는 분명 나를 나무라도 되는 입장이었다.

고모는 나를 어떻게 생각하고 있을까.

"이거 전에 마셨었는데, 품명 기억하고 있어?"

"네? 으음… 모르겠어요."

"그렇겠지."

고모도 정답을 기대하지는 않았던 듯 가볍게 받아넘겼다. 그리고, 소리가 작아진다.

히터 돌아가는 소리가 조용히 방을 채운다. 이따금 창문이 바람에 흔들렸다.

따뜻한 방에 있어서인지 홍차는 좀처럼 식지 않았다. 천천히 혀를 적시듯이 마신다.

그러면서 때때로 고모를 바라보았다. 고모는 찻잔을 들여다보듯 멍하게 있었다.

고모와 나는 별로 이야기하지 않는다. 아니, 대화는 있는데 활기를 띠지 못한다.

말하기 시작하면 고모가 입을 차분히 닫아 버렸다.

그러면 나도 자연스럽게 입을 다물고 고모를 쳐다볼 수밖에 없다.

예전의 고모는 좀 더 말수도 많았던 모양이다. 그러나 그 부상 이후로 한층 차분해졌다고 한다. 그 전에는 뭐랄까, 시시한 농담을 하고서는 혼자만 좋아한다고 할까…. 아빠의 말에 따르

면, 남들 앞에서는 온화하지만 혼자가 되면 '이불이 날아갔다*'
수준의 개그를 떠올려 그 자리에서 말하고는 웃는 성격이었던
모양이다. 상상도 안 간다.

그리고 혼자 있으면 '크핫핫햐' 하는 식으로 웃었다고도 들었
다.

그 부분은 바뀌어서 다행이라고 생각한다.

아니, 실은 아직 고쳐지지 않았을지도 모르지만.

어쨌든 내게 그런 사실을 말할 자격은 없으리라.

"귤 좋아해?"

갑자기 눈이 마주치고 갑자기 질문이 날아와서 놀랐다.

"좋아하죠."

대답하면서 탁상 위를 보았다. 귤의 그림자도 찾아볼 수 없
다.

"그래. …하지만 여기에는 없단다."

"네."

"귤이… 뭐, 됐다."

또다시 무슨 말을 하려다가 차분히 시선을 떨구었다. 입꼬리

※이불이 날아갔다 : 후톤가 훗톤다(布団が吹っ飛んだ). 발음이 비슷한 단어를 늘어놓은 말장난.

가 약간 웃는 것처럼 보였다.

"．．．．．．．．．．．．．．．．．．．．．．"

설마 '귤을 찾을 수 없다, 찾을 수 없다*'라든지… 그럴 리는 없을 거라고 생각했다.

생각했다.

그러던 중 홍차를 마셨더니 "오늘은 이만 돌아가도 좋아."라고 고모가 말했다.

"앗, 볼일이 있나요?"

"아니, 그런 건 아닌데. 어두워지기 전에 돌려보내지 않으면 오빠가 말이 많거든."

"아아… 그렇군요."

창문으로 눈을 돌렸다. 겨울 추위에 걸맞은 흐린 날씨의 회색빛이 풍경을 점유하고 있었다. 일몰은 쫓기듯 빨라진다. 올해도 한 달이 채 남지 않았다.

겨울에는 고모와 있을 수 있는 시간이 줄어든다는 것을 깨닫는다.

일을 시작한 건 여름 방학이 지나서였다.

※귤을 찾을 수 없다, 찾을 수 없다 : 미캉가 밋츠칸나이, 밋칸나이(みかんがみっつかんない、みっかんない). 발음을 이용한 말장난.

짐을 들고 밖으로 나가니 고모가 배웅하러 나왔다. 실내와의 온도차 때문인지 바깥바람을 맞고 가볍게 몸서리쳤다. 그 움직임에 맞추어 흔들리는 머리카락을 자연스럽게 바라보았다.

"오늘도 도움 많이 되었어."

"앉아만 있었는데요."

"그 정도가 좋아. 바쁘면 미안한걸."

급료도 낮고, 하며 고모가 작게 웃었다. 확실히 다른 사람을 쓸 수 있는 금액이 도저히 못 된다.

고모는 내가 이곳에 오는 것을 어떻게 생각할까.

대놓고 물어본 적은 아직 없다.

"그럼 잘 가. 다음 주에 보자."

"네."

고개를 끄덕이고 자전거를 움직이려 했다. 그런데 그 순간, 오른쪽을 지나가던 다른 자전거에 고모가 과장스럽게 몸을 젖혔다. 자칫 그대로 구를 뻔했는데, 들이받은 줄 알았는지 지나가던 상대방이 돌아볼 정도였다.

전혀 감지하지 못한 모양이다. 이유는 명백했다, 고모의 오른편을 달리고 있었기 때문이다.

"깜짝이야."

"…그러게, 말이에요."

자세를 바로잡은 고모가 왼쪽 눈을 가늘게 떴다. 그러더니 바로 앞머리를 올려 평소와 같은 얼굴로 돌아왔다.

또 한 번 비슷한 인사를 하고 이번에야말로 자전거 페달을 구르기 시작했다.

달려 나가자 목구멍과 콧속까지 냉기에 쓸리는 듯 금세 건조해졌다. 그래도 고모와 마신 홍차를 떠올리니 어금니 부근부터 조금 따뜻한 침이 도는 것 같았다.

귓갓길을 달리며 생각했다.

내가 고모에게 느끼는 감정은 뭘까, 항상 생각한다.

기억 한구석에도 남지 않은 과실過失에 대한 부채감?

아니면, 뭐랄까. 더욱 긍정적인 것일까.

…호의인 걸까.

복잡하고 폭넓어서 시야에 다 들어오지 않으므로 뭐라고 딱 잘라서 말할 수 없다. 그처럼 정체는 불확실하면서도 무겁고 커다란 것이 마음을 점유하여 항상 고모의 존재를 의식하게 했다.

집에 돌아와 밤도 깊어 목욕을 마친 후.

머리를 말리던 도중 거울 앞에서 오른쪽 눈을 손으로 가렸다.

정면의 나는 문제없이 보였다. 왼쪽 눈동자만 이리저리 할 일 없이 움직였다.

가만히 있으면 불편함은 없다. 그러나 눈을 잃는다는 건 보는 쪽만의 문제가 아니라 '보이는' 쪽에도 여러 사정이 있지 않을까. 자세히는 모르지만, 그래도 상상은 펼쳐진다.

14년 전, 나는 고모의 인생에 간섭했다.

기억이 안 나지만 커다란 일이다.

나는 그것을 속죄하지 않으면 안 될까?

고모는 미혼이다. 결혼 전력도 없다고 하고 좋은 관계의 사람이 이곳을 찾는 기미도 없다. 나 말고 다른 사람의 발자취는 이 오차야에 없었다. 손님도 없으니 아주 깨끗하다. 좋지 않다.

고모의 그런 삶은 어쩌면 오른쪽 눈을 잃은 것과 관계 있는지도 모른다. 이야기를 나눈 적도 없지만 그렇게 생각하고 만다.

나는 고모의 인생에 박힌 가시 같은 것인지도 모른다.

주말에는 고모의 가게에 간다. 집에서는 조금 멀지만 다니고 있다.

"곧 시험이지?"

고모가 걱정했다. 담담한 태도이니 그냥 물어봤을 가능성도 부정할 수 없다.

"여기서 공부할게요."

카운터 위에서 가방을 뒤집어엎어 필기도구와 참고서를 놓았다.

"그럼 됐네."

된 건가. 실제로 집에 있는 것보다 여기 오는 편이 쓸데없는 것도 없어 집중할 수 있을 것 같았다.

내가 가게를 보는 동안 고모는 안쪽 방에 물러나 있다. 무엇을 하나 싶어 엿보러 가면 대개 소파 위에 드러누워 잡지를 보고 있었다. 연지색 소파는 고모가 아끼는 것이다.

그리고 그 상태에서 낮잠으로 넘어간다. 잠든 고모의 숨결은 차분함을 뛰어넘어 가냘프다. 정말로 자는 것인지 판별이 가지 않아서, 덕분에 장난 하나도… 그건 됐다 치고.

참 태평하다 싶다. 평일에는 매일, 휴일에도 종종 일하러 가는 우리 아빠와는 크게 다르다.

인생이란 여러 형태가 있는 모양이다.

그런 것도 공부의 하나일 거라고 생각했다. 그러면서 마음껏

노트를 펼쳐 공부한다.

그런데 오늘은 웬일로 손님이 왔다.

기모노를 입은… 아마도 초등학생으로 보이는 작은 여자아이가 가게를 찾아왔다. 익숙한 차림새인 듯 화려한 무늬의 파란 기모노를 불편하게 여기지 않는 걸음걸이였다. 자전거 열쇠를 돌려 짤랑짤랑 소리를 내고 있다. 손님 앞에서 이건 곤란하겠지 싶어 공부 도구를 포개어 손에 들었다.

"안녕하세여～ 어라, 아이가 있었던가?"

여자아이가 경쾌하게 인사를 하더니 나를 보고 고개를 갸웃했다. 아이라니… 내가? 고모의 아이란 말인가.

나이 차를 생각하면 꼭 있을 수 없는 일만도 아니었다.

"아니, 오빠의 아이야."

고모가 나왔다. 샌들을 신고 "주문한 거?" 하고 여자아이에게 확인했다.

"나한테 일을 떠넘겼어. 한가해 보인다고 받아 오라는 거야."

너무한다면서 여자아이가 어른처럼 어깨를 으쓱했다. 고모는 "고생이구나."라고 적당히 맞장구치며 가게 안쪽에서 골판지 상자를 가져왔다. 여자아이가 들기에는 조금 큰 사이즈였다.

"아버지께도 안부 전해 주렴. 으음, 아버지가 어느 분이시더

라. 마타사부로又三郎인지 고시로郷四郎인지."

"난 고시로."

"맞다, 맞다, 시로…."

고모에게서 물건을 받은 여자아이는 가게 앞에 세워 둔 자전거 바구니에 쑤셔 넣은 후 쌩 달려갔다. 대금은 선불이었던 듯 지불하지 않았다. 나와 카운터가 나설 기회는 없었다.

자전거에 타는 건가, 저 차림새로. 옷이 바퀴에 말려들 것 같은데, 재주도 좋군.

"집안 사정으로 저런 옷을 입는 모양이야."

고모가 알려 주었다.

"허. 저런 차림으로 집안 심부름이라니, 초등학생인데 고생이 많네요."

"아니, 쟤 고등학생이야."

"엇."

"그것도 고3."

"연상이잖아!"

"뭐, 집안 심부름인 건 확실하지만."

"대단하다!"

냉정함을 잃어 이해하기 힘든 반응이 되고 말았다.

필기도구를 카운터 위에 도로 놓고 광대뼈를 만졌다.

"아이라니…."

"닮지 않은 것 같지만."

딸이라기에는 무리가 있다, 라며 고모는 가볍게 웃었다. 확실히 나와 고모는 크게 다르다.

시선 사이로 내려온 머리카락 상태를 비교해 보더라도 성질이 꽤 달랐다.

내 머리는 조금 보랏빛이 돈다. 엄마의 머릿결을 그대로 물려받았다.

하지만 순순히 인정할 수 없는 게 있었다.

"그런가."

귀에 걸린 머리카락을 만지작거리며 중얼거리자 고모가 의외라는 듯 왼쪽 눈을 동그랗게 떴다.

"닮은 게 좋니?"

어쩌려나, 하고 자신의 발언을 뒤늦게 짚어 보았다. 고모를 닮아서… 닮으면, 조금 고모에게 다가갈 수 있을 것 같은, 그런 느낌은 든다. 그런 의미인지 문제인지 스스로도 잘 모르겠지만. 단지 그걸 그대로 전하는 게 매우 부끄러운 일임은 알았다.

그래서 대신 적당한 이유를 내세웠다.

"아니, 그게… 고모는 미인이니까."

이런 말을 해도 될까 싶어서 크게 조바심이 났다. 손바닥과 등이 근질거렸다.

그래도 표면상으로는 애써 평정을 유지하여 고모에게서 눈을 돌리지 않았다.

"내가?"

고모의 왼쪽 눈은 의안처럼 동요하지 않고 나를 차분하게 내려다보았다.

"그렇게 보여?"

"…뭐, 저한테는요."

마지막에는 짓이겨진 듯 말이 가늘어지고 말았다. 등이 오싹오싹하다.

"흐음."

고모의 반응은 하나하나 짧아서 판단하기가 곤란하다.

"들어서 기분 나쁘지는 않네."

무표정이라 좋지도 않은 것처럼 보였다. 내 조바심 따위 관심도 없는 듯 담담하여 가늠하기 어렵다. 그런데 그 고모의 움직임이 멎었다. 우두커니 선 채 멍하니, 똑바로 먼 곳을 쳐다본다.

시선의 끝을 쫓아가 봐도 흔해 빠진 매대밖에 없었다. 이상
해서 고개를 갸웃했다.

"저기?"

"미인이라고, 그렇단 말이지⋯."

중얼중얼 혼잣말을 남기고 고모가 안쪽 방으로 사라졌다. 떠
날 때 어깨가 씰룩하며 올라간 듯 보였다.

별로 눈에 들어오지 않아 의미는 없지만 잠시 참고서와 눈싸
움을 했다. 그리고 시계를 확인하고는 소리를 내지 않도록 노
력하면서 안쪽 방으로 향했다. 화장실 쪽에서 기척이 나기에
들여다보니 고모가 거울 앞에서 씨익 뺨을 누그러뜨리고 있었
다. 턱에 손가락을 댄 채 몹시 만족스러워하는 느낌이었다.

"⋯⋯⋯⋯⋯⋯⋯."

들키기 전에 살금살금 다시 밖으로 나왔다. 턱을 괴고, 그러
고는 눈을 감는다.

미인이다.

그리고 귀여운 사람이기도 하구나 생각하니 부끄러움을 닮
은 마음이 용솟음쳤다.

목도리도 없는데 숙인 얼굴의 입가가 따뜻했다.

사람과의 사이에서 데워진 공기는 기분이 좋다.

"자."

조금 지나서 고모가 공부도 쉬어 갈 겸 마시라고 차를 끓여 다 주었다. 평소와 지극히 똑같은 모습으로, 거울 앞에서의 들 뜬 기색은 겉에 전혀 남아 있지 않았다. 대단한 사람이라고 남 몰래 감탄했다.

"고맙습니다."

찻잔을 받아 들었다. 지난번과 같은 잔이지만 안에 든 건 녹 차 같았다.

하지만 아무리 그래도 가게인데 이렇게 당당히 카운터를 점 거하고 있어도 되는 걸까. 여기서 일한 후로 계산대를 두드린 기억이 별로 없다. 먼지라도 살짝 앉아 있지 않을까.

"그럼, 공부 열심히 해."

복도 밖으로 몸을 내밀고 있던 고모가 들어가려고 했다. "아." 하고, 무심결에 목소리가 나왔다.

"무슨 일이라도 있니?"

고모가 멈추어 섰다. 움직임에 맞추어 내려온 긴 머리카락을 거추장스러운 듯 손으로 쳐냈다.

고모의 머리는 옛날부터 길었다. 머리가 짧은 고모는 상상이 안 간다.

"아, 아뇨…."

시선이 흔들린다. 딱히 용건이 있었던 건 아니다.

다만 평소에는 차를 마실 때 안쪽 방에서 두 사람의 시간을 갖는다. 별로 이야기하는 일은 없고, 즐겁지도 않지만 내 자신이 그런 시간을 바라고 여기 오는 것은 느끼고 있었다.

그래서 그만 불러 세우고 말았다.

그렇지만 맨 처음 생각한 대로 용건 따위는 없었다. 이제 어쩌지.

"글쎄요…."

"왜 지금 생각하니?"

고모가 가볍게 웃으며 어깨를 들썩였다. 그 움직임과 손끝에 시선을 주고 생각한 것을 말했다.

"피부가 젊어 보여서요."

"아까부터 왜 그래."

말은 그렇게 하면서도 고모는 지금 내심 춤이라도 추고 있을까.

그렇게 생각하니 담백한 고모의 반응조차 유쾌하달까, 흐뭇하다.

"그쪽은 마음이 어리기 때문이라고 친척한테 들은 적이 있어."

다시 들어가기를 관두고 고모가 복도에 주저앉았다. 난방이 미치지 않는 복도에서 이쪽으로 냉기가 밀려와 온도 차에 살갗이 조금 떨렸다. 때때로 불어 드는 외풍의 출처는 그쪽에 있었구나 하고 깨닫는다.

낡은 집이라서 신경을 못 쓴 데가 많다는 건 고모의 말이다.

"즉, 나는 심신이 모두 유치한가 봐."

"그런 거…."

"맞아."

고모가 선뜻 인정해 버렸다. 벌어져 있는 내 입이 멍청하게 느껴졌다.

"사람은 의외로 주변이 잘 보인단 말이지."

"…음~"

납득하기 힘들다는 내 반응을 봐서인지 고모가 보충했다.

"어리다는 건 태도가 아냐. 그런 건 얼마든지 속일 수 있어. 아이라도 어른인 척할 수 있지. 유심히 봐야 하는 건 가치관이야."

"…어린 가치관?"

"그렇지 않을까 싶어."

"어떤 게 말이에요?"

"비밀."

어물쩍 넘긴 고모가 옆의 참고서를 집어 들었다. 적당히 펴 놓은 페이지를 들여다보고 "그리워라."라고 중얼거렸다.

"땅속을 파헤쳐서 발견한 듯한 기분이야."

그 정도까지인가 싶어 웃을 뻔했다. 기껏해야, 으음, 고모에게는 20여 년 전의 일이다. 내가 태어나지 않았을 때잖아. 자신이 태어나기 전에도 세상이 있었다는 것은 열쇠 구멍을 들여다보며 그 새까만 저편에서 무언가를 발견하려고 하는 것만큼이나 상상하기 힘들다.

"어떤 학생이었어요?"

"공부만 했어."

"흐음."

거짓말 같았다.

"그리고 여행을 떠나 보고 싶다고도 생각했어."

"그래요?"

즉, 특이했다는 것이리라. 지금과 마찬가지로.

어이가 없어서 조금 웃는데 갑자기 그게 와서 등에 식은땀이 배어났다.

고모가 페이지 가장자리를 볼 때만 고개를 오른쪽으로 크게 갸우뚱했다. 그 별것 아닌 몸짓이, 내게는 마음의 표면을 손톱에 긁힌 듯 크게 느껴졌다. 자각하지 못하는 부채감 같은 것. 그 통증으로 인해 이 고모가 다른 일가친척과는 크게 다른 존재임을 의식한다.

다양한 의미와 가치를 지니고 있어 피할 수 없는 사람인 것이다.

"고모."

응, 하며 고모가 참고서를 내려놓고 나를 보았다. 시선을 받은 부분이 돌이 된 듯 딱딱해졌다.

목구멍과 어깨를 마음대로 할 수 없다.

그럼에도 목소리는 엉금엉금 기듯 목구멍을 넘어왔다.

"오른쪽 눈, 말인데요."

배어 있던 땀이 증발하듯 단숨에 열을 띠었다.

등이 후끈 뜨겁고 가려워서 좌불안석이 되었다.

이런 걸 이런 상황에서 물어도 되나 하는 의문은 있었다.

그럼 언제 어느 단계에서 물으면 될까?

답은 없다는 느낌도 들었다.

내가 고개를 숙여 가며 그런 식으로 말을 꺼냈기에 고모도 대강 눈치챈 모양이다.

"으음⋯."

보기 드물게 난처한 기색으로 앞머리를 쓸어 올렸다. 어딘지 앳된 반응과 말씨였다.

덮은 참고서를 카운터에 두었다.

"뭐야, 알고 있었니?"

학교 선생님이 날카롭게 혼내는 느낌이라 위축되고 말았다.

"아빠한테 들었어요."

"딱히 가르쳐 주지 않아도 되는데."

고모는 여전히 곤혹스러운 듯, 혹은 성가신 상황이 된 듯 한숨을 토했다.

"뭐, 알아도 되지만, 그래서?"

고모는 화난 기색도 없이 여느 때처럼 담담했다. 어조도 표정도, 죄다.

목이 쉰 느낌마저 들었다.

"그때 일, 기억하세요?"

"그야 똑똑히 기억하지. 네 볼을 잡아당기며 놀던 때인걸."

이런 식으로, 하면서 고모가 내 뺨을 쥐었다. 고모의 손가락은 예상외로 매끈매끈했다.

그렇게 과거가 재현되어.

정경이 포개지면서 기억이 되살아나지는 않았다.

고모가 뻗은 팔과 내 시야 끝에 비친 하얀 손가락을 지그시 바라보았다.

"전 기억이 안 나요."

그렇게 말하고 나서야 비로소 고모를 정면으로 마주하는 듯한 느낌이 들었다.

"그야 그렇겠지."

하지만 고모는 그리 마음에도 두지 않는 듯 내 뺨을 조물조물했다.

엄지손가락의 손톱이 길었는지 간간이 닿았다.

"하지만 별로 그립다는 느낌이 안 들어. 이 교과서와는 또 다르네."

이상하다, 하면서 고모가 느낀 것을 음미하듯 눈을 감았다. 교과서는 아니라고 생각했지만 이 상황에서 지적할 일은 아니었다. 기회만 있으면 눈과 마음은 딴 데로 새어 도망칠 것 같았다.

그래도 여기까지 발을 들였으니 차라리 한 발짝 더.

숨을 들이마신다. 넓게 퍼진 차향이 조금은 기분을 달래 주었다.

"저를 원망하세요?"

고모가 입을 다물었다. 잠시 후 내 뺨에서 손을 떼었다.

그러고는 손가락으로 두 번 오른쪽 눈 옆을 두드렸다. 노크하듯이 경쾌하게.

"원망한다면 어쩔 건데?"

나는 한 박자 쉬고 큰소리쳤다.

"속죄할게요."

고모가 눈을 가늘게 떴다. 쏘아보는 것 같아서 주눅이 들었다.

마치 나의 죄의식이 별로 없음을 꿰뚫어 보는 것 같아서.

"어떻게?"

"그건… 뭐든지 해서…."

목소리에 자신이 없음을 알 수 있다. 구체적인 것이 따르지 않기 때문이다.

"뭐든지라… 그럼 원망하는 편이 이득이려나."

고모가 애써 부드럽게 그런 말을 했다.

"계속 원망하는 걸로 해야지."

차를 홀짝이면서 별것 아닌 듯 선언해 버렸다. 게다가 내 차다.

"아~ 오른쪽 눈에 스미는구나~"

경박하게 비아냥거림을 날린다. 농담처럼 말했으니 웃으면 될까 싶으면서도 당사자로서는 도저히 장단을 맞출 수 없었다. 굽은 손가락과 함께 곤혹스러워 하는데 "스미기는!" 하고 고모가 느닷없이 홀로 세차게 부정했다. 어라, 어라, 어라, 하는데 고모가 게슴츠레 눈살을 찌푸리며 쳐다보았다. 세탁기에라도 처박힌 듯 변화가 극심하다.

"너 말야."

"네!"

"…머리카락 곱다."

악보라도 넘기듯 귀 옆으로 내려온 머리카락을 손가락으로 빗었다.

고모의 손가락 두 개가 벌레의 더듬이처럼 꾸물꾸물 움직인다.

"고, 고맙…습니다?"

"응."

또 후루룩 내 차를 홀짝였다.

뭐야, 그거. 지금 여기서 말할 필요가 있나? 하고 의문이 생겨 상황을 쫓아갈 수 없었다.

"그거, 중요한 일인가요?"

실명된 오른쪽 눈과 나란히 거론될 만큼.

"물론이지."

고모는 망설임 없이 인정했다. 이제 농담 같은 말투조차 아니다.

이것이 고모가 말하는 '어린 가치관'이라는 걸까.

사람이 별난 것으로밖에 생각되지 않는다.

"대단히 말야."

"네…."

쐐기까지 박아 이제 말없이 고개를 숙일 수밖에 없었다.

그날, 아르바이트가 끝나고 밖으로 나온 뒤, 망설였지만 사과해 두었다.

"이상한 얘기를 해서 죄송했어요."

살짝 머리를 숙이자 고모가 또 난처한 듯 머리를 긁적였다.

"이상하다기보다…."

"아, 이상하다는 표현도 실례구나… 중요한 얘기기는 해도."

"그게 아니라… 별로 상관없는데."

바람에 딸려 가려는 머리카락을 누르고 고모가 한숨을 쉬었다.

"됐어."

"네?"

"분명 이런 것도 뭔가 의미가 있는 일이겠지."

그렇게 말하고 고모는 납득하듯이 차도로 눈을 돌렸다. 다가온 차가 병원 주차장으로 들어간다. 병원의 입체 주차장 벽에는 세로로 큰 틈새가 있어 그 사이로 식물의 덩굴이 삐져나와 있었다.

의도한 건지 멋대로 돌아나기 시작한 건지는 모른다.

계절의 영향을 받아 끝부분이 시들기 시작했다.

그 틈새를 메우는 가지와 잎이 바람에 날려 손을 흔드는 것처럼 위아래로 움직였다.

전에도 저렇게 바깥으로 나와 있었을까. 식물 입장에서는 분명 짧겠지만, 그래도 시간의 흐름을 느낀다. 자전거를 준비하면서 크게 심호흡하고 고모를 슬쩍 바라보았다.

나는 분명 오늘 시작하고 말았다.

특별히 도움닫기도 없이, 준비 운동도 하지 않고 슬그머니 달리기 시작했다.

한 번 움직이기 시작한 것을 멈출 바에야, 끝까지 지켜보자.

"여기 수요일에 쉬죠?"

오차야의 지붕을 올려다보며 확인했다.

"응."

"그럼, 저… 학교 시험이 끝난 뒤에 말인데요."

응? 하며 고모가 고개를 갸우뚱했다. 전혀 예상도 안 된다는 얼굴이다.

그야 그렇겠지.

아까 고모가 했던 말을 따라 하면서 마음을 정한다.

자전거 핸들을 두드리고 얼굴을 들었다.

"함께 놀러 가지 않을래요?"

솔직히 시험에 집중할 수 있을지 걱정이었지만 의외로 어떻게든 되는 법이었다.

머리로 생각하는 것과는 별개로 손이 움직인다. 고등학교 공부는 지금으로서는 암기로 대략 해결되었다.

조바심이 섞인 듯한 성급한 마음은 어젯밤 침대 속에서 완전히 소화시키고 지금은 조용히 앞으로의 일을 상상한다. 교실 정경을 눈앞에 둔 채 눈꺼풀 뒤편에서는 다른 풍경을 보는 듯했다.

월요일부터 사흘간 이어진 시험이 그날 대충 끝나서 막힌 가슴이 뚫리는 것 같았다. 교실 안의 공기도 이완된다. 이제 겨울 방학까지 마음이 어두워질 만한 행사는 없다.

간단히 청소를 마치고 점심 전에 해산했다. 놀러 갈 궁리들을 하는 목소리며 벼락치기로 완전히 진이 빠져 총총히 교실을 빠져나가는 동급생 등등 제각각 움직이기 시작한다. 나도 그중 하나였다.

누군가와 함께하지 않고 교실을 나와 수면 부족 집단을 앞지르자 심장도 차츰 활기를 띤다. 집은 경유하지 않고 직접 약속 장소인 역 앞으로 향하기로 했다. 학교에서 집이 가까워서 자전거는 타고 오지 않았다. 교문을 나서기 전에는 그냥 걸었으나 도중부터 빠른 걸음이 되었다.

내용물이 별로 들지 않은 통학용 가방이 요란하게 들썩인다.

내 마음을 그대로 나타내는 듯했다.

도시에 비해 이용자가 현저히 적은 역은 평일 낮이라는 것도 있어서 한층 한산했다. 이 주변도 옛날보다 사람이 훨씬 줄었다고 부모님 중 누군가가 말했던 적이 있다.

파출소와 황금 조각상과 공사 중인 간판, 택시 승차장을 지나 약속 장소로 다가가니 먼저 와서 서 있는 고모가 보였다. 나를 발견하고 등을 기댄 펜스에서 떨어진다. 허리를 펴고 걸어오는 모습이 한 폭의 그림 같다고 생각하고 말았다. 고모가 살짝 손을 들었다.

"안녕."

"안녕하세요."

나는 고모의 어느 쪽에 설지 조금 망설였다. 오른쪽인가 왼쪽인가.

결국 왼쪽을 골랐다. 그러는 편이 고모가 이야기하기 좋지 않을까 싶었다.

"어, 화장했다."

옆얼굴을 보며 말했다. 평소에는 거칠던 입술에 윤기와 색이 돌고 있었기에 금방 알았다.

"밖에 나갈 때는 당연히 하지. 옷은 바꿔 입을지 말지 망설였어."

짙은 감색 스웨터의 배 부분을 집으면서 말했다. 목은 길이가 긴 목도리로 빈틈없이 감았다. 햇볕이 강한 낮인 데다 오늘은 조금 따뜻하기도 해서 그런지 조금 튀는 것처럼 보였다.

"추운 거 싫어하는 건 아빠랑 똑같네요."

"그런 집안인가 봐."

목도리의 위치를 조절하면서 고모가 말했다. 나도 그 집안사람일 테지만 별로 싫어하지 않는다.

엄마의 외적 특징을 많이 물려받았기 때문인지도 모른다.

고모와 나란히 서서 걸어 나간다. 걸으면서 어디에 갈지 생각했다.

"타인과 걷는 것도 오랜만이야."

"그 정도예요?"

확실히 고모는 친척 모임에서도 혼자 있을 때가 많다. 슬그머니 빠져나가 멀리서 쉬는 모습을 자주 보았다. 즉, 나도 그런 고모를 주목하곤 했다.

"이런 걸 묻는 것도 좀 그렇지만, 친구 적어요?"

"별로 없어. 특히 함께 다닐 상대는 아주 적지."

한 명, 하고 집게손가락을 세운다. 그리고 그 손가락이 책상에 세운 연필처럼 쓰러져서 나를 가리켰다.

"저요?"

"너 말고 나한테 놀러 가자고 하는 괴짜는 없어."

"네."

"뭐, 귀찮으니까 너 말고 놀러 가자는 사람이 있어도 아마 응하지 않겠지만."

고모가 은근슬쩍 한 말에 얼굴을 목도리로 감추고 싶을 만큼은 뺨이 뜨거워졌다. 그렇게 마음이 움찔했기에 "지금은." 하고 덧붙여진 고모의 말이 절반도 들리지 않았다.

"너야말로 나 말고 놀러 가자고 할 친구 없니?"

"웃?"

동요하던 참이었으므로 이상한 소리가 나왔다.

"웃?"

"아, 아~ 웃슬으슬한 것 같아서."

"그러게."

고모가 작게 헛기침했다.

"오늘은 으슬으슬하구나~ 으슬~"

"네?"

"친구 없니?"

태연하게 다시 한번 물었다. 그 전의 질문은… 못 들은 걸로 했다.

"친구. 있어요, 있는데, 으음."

친구보다 당신과 함께 있고 싶었거든요.

말할 수 있을 리 없어서 콧속만이 막힌 듯 가득 찼다.

"남자친구는?"

"없어요, 없어, 그런 거."

크게 펼친 손을 좌우로 흔들어 부정했다. 호들갑스러웠지만 손은 멋대로 흔들렸다.

"흐음."

고모의 반응은 짧아, 나는 그런 게 제일 곤란했다. 무슨 생각을 했을지 신경이 쓰이고 만다. 그렇지만 깊이 파고들어 추궁했다가 집요한 아이로 생각되기는 싫었다.

"시험 어떻게 봤어?"

"아마 괜찮게 봤을 거예요."

"그건 잘됐네."

고모가 나를 본다. 눈매가 여느 때보다 느슨해 보였다.

고모의 눈이라든지 주변의 변화에는 자연스럽게 과민해진다.

"왜 그러세요?"

"딸과 데이트한다고 하면 오빠가 어떤 얼굴을 하려나."

"데."

목소리가 갈라졌다. 몇 번쯤 콜록거려 목청을 가다듬었다.

"데이트인가요? 글쎄요… 어쩌려나….″

농담으로 받아들이고 태연함을 가장하려 했지만, 안구가 건조해져서 눈을 부릅뜨고 있다는 사실과 눈 깜빡임을 잊고 있다는 사실을 깨달았다. 쥐가 날 것 같은 입가를 주먹으로 가리고 음~ 음~ 하고 의미 없는 소리를 냈다.

"걱정하겠지, 응."

내가 동요하는 사이 고모가 혼자 납득해 버렸다. 걱정? 무슨?

"딱히, 으음, 문제될 게 있나요?"

고모와 밖에 놀러 가는 것쯤이야… 아니, 그리 자주 있는 일은 아닐지도 모르지만.

아빠가 우려할 만한 일은 딱히 없으리라. …아, 그렇지만. 뭐랄까, 내가 고모를 특별히 의식하는 부분은 부정할 수 없는 셈이고, 그런 건 통상적으로… 문제가 있으려나?

"뭐, 이런저런 일이 있었으니까."

고모가 눈을 가늘게 뜨고 얼렁뚱땅 마무리 지었다. 마무리 지었다고 할 수 있을까.

"일단은 추우니까 밥 먹자."

고모가 빨개진 귀를 감싸 쥐었다. 바람을 맞고 있었을 귀를 보고 조금 안달이 났다.

"오래 기다렸어요?"

"조금. 기다리는 건 좋아하니까 신경 쓰지 마."

고모는 똑바로 앞을 향한 채 그렇게 말했다. 목소리와 태도에는 나를 배려한다는 기색도 없었다. 진심으로 그렇게 말하는 모양이다. 기다리는 게 좋다니, 역시 특이한 사람이다.

그런 면이 좋은 건지도 모른다.

그 후 고모와 나는 역 뒤편의 가게에 들어갔다. 밖의 메뉴판을 보니 피자와 파스타를 파는 모양이다. 가게 안에 들어서자 우선 나무 냄새가 맞이했다. 비에 젖은 듯 촉촉한 냄새다. 가게의 비좁은 공간과 나뭇결이 어우러져 마치 나무속을 파낸 주거지에 들어온 것 같았다.

난방은 영 시원찮아서 피부에 알알하고 가벼운 한기가 남았다.

"마지막에 온 건… 헤아리기도 귀찮을 만큼 옛날인가."

나무 기둥과 가지 같은 갈색 벽을 보며 고모가 중얼거렸다.

그때도 누군가와 함께 왔었는지 조금 신경 쓰였다.

점원의 안내로 안쪽 자리에 앉았다. 고모를 마주 보는 형태로

목제 의자에 엉덩이를 붙였다. 고모는 목도리를 풀고 코트를 벗은 뒤 무릎담요처럼 다리 위에 놓았다.

"흐음."

"왜 그러세요?"

고모가 나를 쳐다본다. 특히 가슴 근처를 응시하기에 뭐지, 뭐지, 싶어서 눈 깜빡임이 늘었다.

"평소에는 쉬는 날 만나니까 교복 입은 모습을 보는 건 신선하네."

"아아."

그런 거였구나, 하며 가슴팍을 내려다보았다. 고모에 비하면 구릉 같은 느낌이었다. 대체 뭐가.

"별로 어울리지 않네."

"…그, 그런가."

거침없는 평가에 당황했다. 이왕이면 어울린다는 말이 더 좋다.

"색상과 관련이 있겠지만 사복이 더 귀여워 보여."

깎아내리고, 치켜세웠…다? 귀엽다, 라는 말은 순수하게 받아들이고 가슴 설렜지만.

그런데 말이란 이상하다. 다른 사람이 그런 말을 하면 엄청 아부한다고 생각할 것이다.

"칭찬이에요?"

"생각한 걸 그대로 말했을 뿐이야. 어떻게 받아들일지는 네 마음이지. 나, 무책임하거든."

고모가 그렇게 말하면서 메뉴판을 집었다. 앞에서 들여다보자 내게도 보이도록 옆으로 돌려 테이블에 놓았다. 메뉴 측면에 인쇄된 음식 사진이 실려 있었기에 둘이 서로 이게 좋다, 저게 좋다, 하며 손가락질했다. 그러던 도중, 고모와 이런 걸 하고 있다니 몇 년 전에는 상상할 수도 없었는데, 하고 문득 상황의 변화를 마주하여 멍해지고 말았다.

나는 자신이 원하는 방향으로 전진하고 있는 것일까?

결국 피자와 파스타를 하나씩 주문하여 나누어 먹게 되었다.

"대학은 갈 거니?"

주문을 마치고 교복 스카프를 보면서 고모가 물었다.

"아직 별생각 없어요."

"그것도 그런가. 1학년이었지."

"고모는요?"

"갔어. 그런대로 충만했어."

고모가 무언가를 떠올린 듯 웃었다. 특히 입꼬리가 느슨하다. 좋은 추억이 있는 것 같았다.

하지만 그 후 곧바로, 어딘가가 아픈 듯 얼굴을 찡그리고 머리를 긁적였다.

좋아했다가 후회했다가, 참 바쁘다. 충만이라는 걸까.

"대학을 졸업하고서 집으로 돌아왔나요?"

"그 전에 회사를 다녔어. 1년 만에 관뒀지만."

처음 듣는 이야기였다. 금방 관둔 이유가 짐작이 갔다.

"그건, 눈이….".

"그보다 전."

"아아….".

그렇다면 다행이라는 생각에 안도했다. 이 이상 고모의 운명에 박혔다가는… 쓰라릴 것 같다.

나도 빠져나오지 못할 테고, 고모도 아프기만 해서 진저리를 낼 것이다.

적당한 자극에 머물러 있으면… 되는 걸까.

"그럼 왜 관뒀어요?"

"그냥 좀."

귓불을 만지작거리며 고모가 얼버무리듯이 이야기를 끝내 버렸다.

"그런데, 좀 새삼스럽지만 왜 나한테 놀러 가자고 했어?"

화제를 바꾸면서 캐고 든다.

"왜냐니."

자신의 목소리가 목구멍에 걸려 헛도는 것처럼 느껴졌다.

솔직히 대답해서는 안 된다고 생각하면서도 머리가 제대로 돌아가지 않았다.

"그건, 고모에게…."

마음이 쓰이니까. 아마도, 여러 가지 의미에서. 뒤얽힌 그것을 하나씩 풀어 노출해 가면 수치심 때문에 이 사람 앞에 똑바로 설 수 없을 것 같아서 일부러 내버려 두었다. 그런 이유에 기초한다.

우물거리는 내 모습에 고모가 화들짝 놀란 듯 눈을 떴다.

눈 밑이 급속도로 화악 뜨거워졌다. 황급히 변명처럼 크게 소리쳤다.

"고모한테는 늘 신세를 지고 있으니까, 인사차, 인사?"

아무리 거짓말이라도 뭔가 아니라는 느낌이 들었다.

"어라, 인사라면 사 주는 거니?"

뒤로 물러나 있던 고모가 바싹 다가들었다. 그렇게 나오는 건가 싶어 쓴웃음을 지었다.

"아… 그럼, 네. 맡겨 주세요!"

기세를 타고 승낙하자 고모가 고쳐 앉더니 손을 옆으로 내저었다.

"농담이야. 여기는 내가 낼게."

"뭘요. 제가 오자고 했는걸요."

됐어, 하면서 고모가 계속 손을 내저었다.

"고등학생인 조카딸에게 점심 식사비를 내게 하다니, 부끄럽게."

적어도 나로서는 의외인 말을 했다.

"그런 거 신경 쓰세요?"

"쓰지, 무진장."

경박한 고모의 말투는 스스로의 말이 거짓임을 입증하는 거나 마찬가지였다.

거짓과 거짓의 교환.

하지만 그런 것으로 해 두는 편이 서로에게 편할지도 모른다.

거기까지 생각하고 취한 태도라면 고모는 역시 어른이라는 생각에 탄복했다.

동시에 자신의 미숙함을 통감했다.

"그래도 저기, 신세를 지고 있다고 생각하는 건 진짜예요. 늘 고맙습니다."

작게 머리를 숙이자 머리 끝 너머로 고모의 웃는 얼굴이 보였다.

"나야말로 늘 와 주어서 도움 많이 되고 있어. 안쪽 방에서 잘 수 있거든."

"아하하."

고모다운 이유라서 거짓말을 한 게 아닐 거라고 생각했다.

"의자에 앉아서는 자기 힘들어졌어. 학생 때는 괜찮았는데."

"네."

"쇠퇴함이 느껴져."

"무슨 쇠퇴함이요…?"

어이가 없었지만 집에서 차를 마실 때와는 또 다른 이야기를 할 수 있어서 즐거웠다.

음식을 기다리는 동안 힘들지 않았다. 나온 후에는 더욱 알찼다.

"맛있다, 맛있어."

피자를 베어 먹은 고모가 기분 좋게 평가했다. 고모의 순진한 표정이라는 것을 볼 수 있었으니 나도 음식을 맛보는 이상으로 얻는 게 있었다. 귀엽다는 생각에 가슴 설레고 만다.

여기에 또 오고 싶었다.

피자와 파스타를 나누어 우적우적 먹었다. 그리고 한 조각 남은 피자를 고모가 내게 내밀었다.

"됐어요, 됐어."

마음에 든 모양이라 고모에게 양보하려 했다. 하지만 고모는 내 접시에 올려 버렸다.

"시험이 끝났으니까 축하 선물."

"…그럼, 고맙습니다."

다소 엄숙한 기분으로 받았다. 사소한 일이라도 누가 축하해 주면 싫지는 않다. 그 사람이 마음 쓰이는 상대라면 더욱 그렇다. 피자 끝을 깨무는 내 모습을 고모가 즐거운 듯 바라보고 있었다.

다 먹고 조금 숨을 돌린다. 고모는 포크를 쥐고 접시 가장자리에 남은 치즈를 깨작이고 있었다. 확실히 본인 말대로 군데군데 어린아이 같은 몸짓을 보인다. 앞으로도 주의해서 보자.

나만이 아는 고모에 대한 이해를 넓히고 싶다.

"미안해, 젊은이의 귀중한 시간을 이런 일에다 쓰게 해서."

드물게 켕기는 기색으로 고모가 그런 말을 했다.

이런 일이라니 그게 무슨 소리냐고 부정한다.

"그야 제가 제안했고, 그러고 싶어서… 저어, 와 주셔서 감사하다, 라고나 할까."

거절당하지 않아서 내가 안심했을 정도다. 고모는 한 번 시선을 피하더니 입매를 누그러뜨렸다.

"덕분에 즐거운 시간 보내고 있어."

고모가 그렇게 말해 주어서 안도했다.

내 시간을 쓰고 있다. 그런 걸 고모가 의식할 필요는 없다.

오히려 내가.

"…가끔 생각해요."

"뭘?"

테이블 아래에서 주먹을 꽉 쥐었다. 도망치고 싶은 마음에 매달려서 그 자리에 붙잡아 둔다. 동시에 그 무게가 혀의 움직임도 빼앗을지 모른다.

턱을 포함한 곳곳의 어색함을 자각하면서 목소리를 내었다.

"오른쪽 눈 대신에 난 무엇을 내놓으면 좋을까 하고요."

포크를 꽂듯이 핵심에 다가섰다.

한편 고모는 미적지근했다. 그게 무슨 말이냐고 바보 취급하듯이 작게 한숨을 토했다.

"딱히 없는데."

그러면서 이내 부정했다. 욕심이 없는 게 아니라 관심이 없는 태도로.

"잃어버린 건 절대로 돌아오지 않고 메꿀 수도 없어."

그 한마디에는 평소와 다른 중후함이 있었다.

고모의 신념 같은 게 깃들어 있는지도 모른다는 생각에 등을 조이듯 당겨 받아들인다.

"복숭아나무가 흉작이라고 사과를 매단다고 해서 좋을 건 없을 거 아냐."

"아, 네⋯."

"확실히 난 오른쪽 눈을 잃었어. 그렇지만 그게 전적으로 나쁜 일이라고도 생각하지 않아."

고모가 오른쪽 눈에 걸린 머리카락을 치웠다. 진짜 눈으로 보이는 의안이 나를 응시하고 있었다.

"온갖 일과 행동에는 의미가 있어. 그곳에 있는 일, 그곳에서 일어난 일, 그 연계와 결과는 무언가로 이어져 나가지. ⋯원치 않는 결과에 이른다 해도 말야."

양질의 음악에 느닷없이 섞이는 듯한 노이즈. 고모의 목소리에 씁쓸한 것이 용솟음치고 있었다. 하지만 그것도 순식간에 배제하고 고모는 이내 안정을 되찾는다.

"간단한 예를 들자면, 그 사건이 없었더라면 나와 네가 이곳에 있는 일은 없겠지. 그리고 파스타도 피자도 맛있었어. 굳이 고르자면 피자가 더 좋았으려나…. 뭐, 그건 상관없지만 함께 맛있는 음식을 먹고 배가 부르고, 그건 아주 근사한 일이라고 생각해."

빠른 어조로 예를 든 후, 고모는 접시에 남은 치즈 조각을 집어 들어 입으로 옮겼다.

"그러니 넌 필요 이상으로 옛날 일을 신경 쓰지 않아도 돼."

오물오물 치즈를 씹고 삼켰다. 그러고는 포크 끝을 내게 돌렸다. 만약에 그 즉시 포크로 내 눈을 찌를 작정이라면 받아들여야 한다고 생각했다.

물론 마음씨 착한 고모는 그런 일을 하지 않았다.

"그런 걸 신경 쓰느라고 도와주러 오는 거라면 이제 안 와도 좋아."

포크를 거두어들이고 타이르듯 말했다. 그건, 곤란하다. 곤란하다고, 바로 부정했다.

"아뇨, 그것과 이건 별개예요… 네. 별개예요."

거짓 반, 본심 반이었다. 고모네 집으로 일하러 가는 이유는 그저 단순히 고모와 이야기를 하고 싶기 때문이다.

그것을 잃는다는 건 이제 와서는 생각할 수 없다.

"어라~"

고모가 깜짝 놀란 듯 과장스럽게 양손을 들고 몸을 젖혔다. 그렇게 젖히면 풍만한 앞가슴이 도드라져 보이는구나 하고 생각한 나는 남몰래 자신을 부끄럽게 여겼다.

"왜 난처하다는 듯한 반응이에요?"

"그렇게 나오는구나 싶어서, 응."

"어떻게 나올 줄 알았는데요?"

"아니, 죄송했어요, 하며 풀이 죽어서 가게를 나간다든지… 뭐, 그런."

고모의 왼손이 해파리라도 연기하듯 나풀나풀 허공을 떠돌았다.

그렇게까지 기특한 인간이 아니다. 고모는 벽으로 눈을 돌려 잠시 생각에 잠긴 몸짓을 취한 후.

"뭐, 될 대로 되려나."

또 혼자 결론을 냈다. 이것도 의미가 있는 일이라고 납득했을지도 모른다.

어깨의 힘이 빠졌다. 그건 생각보다 감정의 충돌이 없는 것에 대한 실망을 내포하는 건지도 모른다.

고모는 진정 나에 대한 응어리도 없이 별로 마음에 두고 있지 않은 것이리라.

나는 그 사실에 구원받아야 하지만 내심, 침체된다.

더 신경 쓰고 있었으면 한다.

더 얽매여 있었으면 한다.

그리고 나를 의식했으면 한다.

그런 걸 바라는 자신이 마음속 어딘가에 있었다.

뺨 안쪽을 깨물고 고개를 숙였다.

단지 그저 오른쪽 눈을 빼앗았다는 부채감 때문에 고모와의 관계를 유지하고 싶은 건지도 모른다.

그런 저주 같은 것에 매달리면서까지.

하지만 사랑이든 저주든, 상대를 붙들어 매고 싶다는 마음은 마찬가지였다.

"오늘 자고 가도 되나요?"

다음 주 아르바이트 휴식 중, 조금 긴장하면서 물어보았다.

데이트 다음은 숙박이라는 생각에 손에 땀이 났다. 전에 상상했던 비탈을 구르는 돌을 상기한다.

한 번 시작되면 제동은 걸리지 않는다.

고모는 마시던 차를 내려놓고서 의아한 듯 얼굴을 찌푸렸다.

"별로 상관은 없는데… 그거, 즐거워?"

"아뇨, 모르겠어요…."

이상한 질문을 받은 것 같았다. 즐거운가 어떤가, 하는 점이 고모가 판단하기에는 중요한 것일까. 확실히 고모네 집에 뭐가 있는 것도 아니므로 재미는 없을지도 모른다.

하지만 고모는 여기에만 있다.

"뭐, 괜찮지만…."

고모가 담백하게 받아들인다. 잔잔한 호수처럼 평온한데, 허나 고모는 표면상의 태도와 내면 간에 차이가 있는 편 같으니 실제로 어떻게 생각하는지 헤아리기란 어려웠다.

"부모님께는 자고 간다고 연락했고?"

"된다고 하실지 어떨지 알 수 없어서… 지금 할게요."

"응. 그런데 어쩌지. 이불이 없는데."

방 안을 둘러보며 고모가 난처한 듯 머리를 긁적였다. 그 말을 듣고서야 "아아." 했다.

"누가 자고 갈 일이 없는걸."

"음… 아, 코타츠에서 잘게요."

"응…."

코타츠에서 나온 고모가 해달처럼 소파에 드러누웠다. 마치 이 장소는 양보하지 않겠다고 선언이라도 하듯 나를 물끄러미 보았다.

뭐랄까… 유쾌한 사람이라고 생각했다. 성품을 알아 감에 따라 인상印象이 달라져 간다.

달라지지 않는 건 빛을 동반한 듯 내 마음을 잡아끄는 것뿐이다.

"이럴 수밖에 없나."

"뭐가 말이에요?"

고모가 손짓하여 불렀다. 뭘까 싶어서 코타츠에서 나와 다가갔다.

"으악."

소파에서 팔이 뻗어 왔다. 그리고 포식捕食하듯 나를 신속하게 끌어당겼다. 옆구리를 부딪치는 듯한 형태로 소파 위에 꽈당 자빠졌다. 하지만 그런 걸 신경 쓸 때가 아니다. 고모의 얼굴이 엎어지면 코 닿을 데에 있었다.

풀어 내린 머리카락 끝에 있는 오른쪽 눈이 나를 똑바로 포착하고 있다.

팔 안쪽의 살갗이 바르작거리듯 떨렸다.

"역시 그냥 누우면 둘이서는 좁구나."

"아, 네⋯."

얼굴 바로 앞에서 고모의 머리카락이 흔들린다. 두근거리지는 않는다. 오히려 심장이 납작하게 짓눌리듯 퍼지는 느낌이라 괴롭다. 호흡이 잘 이어지지 않고, 아랫입술이 떨렸다.

"좁으면 틈을 없앨 수밖에 없겠네."

"엇, 아, 으음⋯ 네."

고모가 품속에 끌어안았다. 소파 위에서 몸을 튕기거나 팔 두는 곳을 바꾸어 가며 위치를 조정한다. 나는 고모가 하는 대로 있었다. 솨아아아, 하고 나무들이 바람에 놀아나는 듯한 소리가 났다.

피가 세차게 도는 소리였다.

"응, 참 많이도 컸다."

고모가 내 등을 가볍게 토닥이면서 납득하듯 머리를 주억거렸다.

서로의 무릎이 스친다.

"키도 컸고, 뼈도 있어."

"뼈는 처음부터 있었다고 생각하는데요⋯."

"타인의 성장과 함께 자신의 나이를 느낀다. 그렇게까지 나쁜 건 아니려나."

고모가 사뭇 진지하게 말했다. 그러나 직후, 목소리는 건조해졌다.

"좋은 것도 아니지만."

"그렇죠."

둘이서 으하하하 웃었다. 고개를 숙인 고모가 정색을 하고 물었다.

"정말 같이 잘 거야?"

대답하기 힘든 걸 턱턱 묻는다. 말로 분명히 하지 않은 채 어물어물 얼렁뚱땅 결국 그렇게 되어 버리는 것이 가장 편한데, 하고 이해하기 힘든 것을 원망하면서 중얼중얼 대답했다. 무엇보다도 귀가 뜨거웠다.

"방해가 되지 않는다면."

"자기 힘들 것 같아."

"으."

고모의 분명한 말투는 때때로 벽이 된다. 고모가 전에도 봤던 의외라는 표정을 지었다.

"자고 싶니?"

또 직설적인 물음이었다. 한 가지 대답할 때마다 수렁에 빠져

드는 느낌이라 견딜 수가 없다.

여기서 직접 자고 싶다고 대답하면 내 소망이 훤히 보이는 듯해 살아갈 수 없다.

그래서 조금은 얼버무려 본심을 감추었다.

"안심… 안심이 돼요, 이상하게."

분명 지금, 자신이 고모와 제일 거리가 가깝기 때문이다. 마음 쓰이는 상대에게 자기 말고 친밀한 사람이 있다면 그야말로 마음이 편치 않으리라. 이처럼 가까이 가면 그런 상대도 보이지 않게 된다.

꽉, 하고 둘 중 누군가가 더 가까이 하여 틈을 메웠다.

그러자 내 등은 둥글게 말려 고모의 가슴에 얼굴을 붙이는 꼴이 되었다.

"………………………."

화아아악, 체온이 급상승하는 것을 느꼈다.

가슴 사이에 얼굴이 있음을 의식하고 말아 이마가 뜨겁다.

"저, 제대로 원망하고 있나요?"

"물론이지."

경쾌한 대답이 가슴을 쳤다.

"안심했어요."

숨을 내뱉자 어깨가 가벼워졌다. 몸 중심을 흐르는 무거운 것이 빠져나간다.

편안해진다는 게 이런 것일까.

"너 진짜 심각하다."

"그런가?"

"불안하게 만들어 볼까?"

"어어, 정말요?"

곤란하다고 말하려고 했는데.

"크햐햐햐햐."

갑작스럽게 머리 위에서 들려온 소리에 귀를 의심했다.

잠시 후 고모의 웃음소리라고 인지한 후 충격을 받았다.

정말 이런 식으로 웃는구나, 이 사람.

"불안해졌어?"

"…아뇨."

솔직히 좀 불안해졌어요.

"남들 앞에서는 안 그래."

"저는 남 아닌가요?"

그럴지도 모른다고 고모가 긍정했다. 하지 말아요.

"별로 남 신경 쓰지 않는 성격인 줄 알았어요."

주위에 별 관심이 없는 듯한 눈초리와 태도. 분명 고모를 보고 누구나가 받을 느낌.

그렇지만 나만이 그 본심에 닿아 있다면 그보다 더 기쁜 일은 없다.

"내 딴에는 어른을 하고 있는 거라고. 이래 봬도 말이야."

고모가 일어났다. 나를 뛰어넘듯 건너 소파에서 내려갔다. 지켜보고 있으니 "이 시간에 벌써 자려고?" 하며 웃었다. 아쉬운 얼굴이라도 하고 있었을까.

한심함에 귀가 화악 뜨거워졌다.

고모는 그대로 코타츠에 미끄러져 들어갔다. 나도 고모를, 그 옆을 따르려 했다. 맞은편으로 가는 게 아니라 빙 돌아온 나를 올려다보고, 고모가 무슨 뜻인지 이해한 듯 조금 미간을 찌푸렸다.

"괜찮은 건가."라고 투덜대듯 말하면서도 고모가 이불을 젖혔다. 들어가서 자리를 잡았다.

나란히 들어가니 코타츠는 역시 좁았다. 고모 말처럼 나 참 많이도 컸다.

고모와 내 다리가 밀착되고 팔꿈치도 툭툭 부딪쳤다. 하지만 오히려 그러는 편이 좋다.

"핏줄… 내 피가 아니니 그건 이상한가…."

고모가 뭔가를 의아해하듯 중얼거렸다. 그러더니 수상쩍은 것을 보듯 내게로 눈을 돌렸다.

"너 말야."

"네…."

무슨 말을 하려나 싶어 두근거렸다. 하지만 고모는 나오려던 말을 삼키듯이 침묵한다.

공기를 들이마시는 금붕어처럼 뻐끔뻐끔뻐끔 입을 벌리더니 앞을 향했다.

그대로 고모가 내 머리를 쓰다듬었다. 머리카락의 감촉을 음미하듯 부드러운 손놀림이다.

나는 얌전히 그 손길을 받아들이고, 편안해진다.

말의 대부분이 생략되어 자세한 건 파악할 수 없었지만, 싫진 않았다.

텔레비전에서는 곱슬곱슬한 머리의 여성이 역 앞에서 인터뷰에 응하고 있었다. 파자마 위에 큼직한 코트를 걸친 특이한 차림새다. 그리고 그 20대로 보이는 여성이 [호호호. 저 이래 봬도 마흔이 넘었답니다.]라고 쾌활하게 대답했다. 무심결에 리포터와 함께 거짓말, 하며 눈을 휘둥그렇게 떴다. 고모도 놀랐겠지 싶어서 옆을 보니 고모는 코타츠 위에 턱을 괸 채 눈을 감고 있었다. 턱이 나선을 그리듯 기울고 간간이 머리가 좌우로 작게 흔들렸다.

텔레비전 음량을 낮추었다. 살짝 들여다보니 잠든 얼굴의 소녀에게 세월이라는 화장이 입혀진 듯했다. 간혹 교실에서 보는 동급생의 잠든 얼굴에선 느껴지지 않는, 색기라고 할까… 침착할 수 없게 된다고 할까.

상체를 내밀듯 하여 얼굴 전체를 바라보니 오른쪽 눈꺼풀도 확실히 감겨 있었다. 그것을 당연하다고 생각하면서도 마음을 채우는 것의 수위가 조금 올라간 듯 가슴이 답답해졌다. 오랫동안 직시할 수는 없어 뒤로 물러나 고쳐 앉았다.

침착해, 이 시간에 벌써 자고 있잖아, 하며 작게 웃는다.

난로가 돌아가는 소리를 조용히 듣고 있으니 나도 조금 졸렸다.

고모는 그 후로 10분쯤 지났을 즈음 천천히 눈을 떴다. 눈을 뜨고도 자세는 그대로 하고 멍하게 있었다. 그 모습을 엿보고 있으니 눈이 깜빡이기도 전에 입술이 움직였다.

"오래된 꿈이었던 것 같아."

혼잣말 같기도 하고 내게 하는 보고로도 들렸다. 긴 시간은 아니지만 꿈을 꾼 모양이다.

"옛날 꿈이라는 건가요?"

"그것과는, 조금 다를지도 몰라."

고모가 졸음을 떨쳐 내듯 가볍게 머리를 흔들었다.

"이건… 달콤한 게 필요해."

왜지. 고모가 자리에서 일어나 약간 못 미덥게 등을 구부린 채 방을 나갔다. 부엌 쪽으로 갔구나 싶어 얌전히 기다리고 있으니 고모가 양손에 컵 아이스크림을 쥐고 돌아왔다.

입에는 짧은 스푼을 두 개 끼워 물고 있었다. 내 옆에 앉더니 스푼을 까딱까딱 위아래로 움직였다.

가져가라는 뜻 같다. 잡아 빼자 고모가 입술을 가볍게 핥았다.

"어느 쪽이 좋아?"

움켜쥔 컵 아이스크림을 눈높이로 든다. 민트와 말차 맛인가.

"어느 쪽을 좋아하세요?"

질문에 질문으로 받아쳤다. 어쨌거나 고모네 집 물건이다, 나도 신경을 쓰고 만다.

고모는 짓궂음을 내포한 듯 히죽 웃었다. 하지만 그 눈은 내가 아니라 엉뚱한 방향을 보고 있었다.

"민트초코."

"그럼, 말차로."

나로서는 어느 쪽이든 좋았다. 실은 바닐라를 가장 좋아하는 것이다.

"케케케."

웃는 건지 싫어하는 건지 판단하기 힘든 목소리를 내고 고모가 말차 아이스크림을 건넸다. 내 옆에 앉고도 웃음은 가라앉지 않았다.

"켁켁케."

뭐가 즐거운지 기괴한 웃음소리를 만끽하고 있다. 웃으면서 아이스크림을 푹푹 먹는다. 파란 아이스크림은 세차게 깎여 고모의 입에 녹아들었다.

"즐거워 보이… 네요?"

지적 같으면서도 질문이 되어 버렸다. 그야 모르니까.

"아니, 이건 일종의 쑥스러움을 감추기 위한 것."

"네?"

"옛일을 생각하고 몸부림치는 거지. 어른에게는 자주 있는 일이야."

과연 그럴까 하며 동의하지 못했다. 적어도 내가 아는 어른은 켁켁케 하고 웃진 않는다.

"뭐랄까… 꿈속의 현실이라고 하면 되려나…."

스푼을 놓고 고모가 어려운 일을 생각하듯 얼굴을 갸웃했다.

무슨 소리냐고 눈으로 묻자 고모가 어깨를 으쓱했다.

"꿈 얘기. 비슷한 걸 몇 번씩 꾸는 느낌이 들어."

"네."

"이제 안 꾸는 줄 알았는데… 조금 그립더라."

"네…."

그 순간 왠지 나를 보고서 고모가 히죽 웃었다. 뭐지, 뭐지, 하면서 우왕좌왕하는데 금세 눈을 텔레비전으로 돌려 버려서 끝내 의미는 알 수 없었다. 너무한다고 생각하면서 아이스크림을 깨물었다.

꿈이라. 나는 좀처럼 꿈을 꾸지 않는다. 아니, 기억을 못 하는 건가. 기억하는 범위 안에서 마지막으로 꾼 것은 목이 마르는 꿈이었다. 그저 교실에서 목마름을 견딜 뿐 정서고 뭐고 전혀 없었다.

당연히 깨어 보니 정말 목이 말랐다.

텔레비전은 어느 사이엔가 어떤 마라톤 상황을 비추고 있다. 여자 마라톤인 듯 단련된 다리로 도로를 질주하는 여성이 선두를 달리고 있었다. 뒤에 몇 명이 따르고 있으나 거리가 좁혀지지 않는다. 체육 수업의 마라톤을 생각하니, 왜 달리는 건지 좀처럼 이해할 수 없었다.

"왜 달리는 걸까."

사고와 목소리가 포개져서 놀라 고모를 보았다. 고모는 텔레비전을, 눈을 가늘게 뜬 채 감상하고 있었다.

"의미는 있겠지. 하지만 아직도 모르겠다니까. …옛날에, 나랑 친했던 애가 잘 달리는 녀석이었거든…. 달리기를 잘하지 못해서 쫓아가느라 혼났어. 상상 속의 나는 활발해서 그 친구를 간단히 앞질렀는데. 어디까지나 머릿속에서는 말야, 어느샌가 그 아이한테 이기는 건 포기하자 보이지 않게 되었는데. 어디로 가 버린 걸까."

집게손가락을 빙글빙글 돌리면서 고모가, 웃는다.

"지금도 텔레비전 속 상대에게는 머릿속에서 세 번쯤 이겨."

"얼토당토않은 말을 하시네요…."

대화하면서도 먼 곳을 쳐다보는 듯한 눈빛으로 옛날을 이야기하는 고모에게 나는 거북함을 느꼈다. 고모의 이야기에, 고모의 의식에 내가 개입할 여지가 없기 때문이었다.

지금 고모의 안에 나는 없다.

나는 추억에 질투하고 있었다.

울적해하는 동안 남은 아이스크림은 컵 안에서 녹기 시작했다.

그러던 중, 움직인 고모의 손이 내게 닿았다.

"아, 미안."

고모가 사과하고 몸을 빼려 했다. 그 순간 왈칵, 하고 털 속이 확장되는 감각이 밀려들었다.

질투가 기를 쓴다.

코타츠 속 고모의 손등에 내 손을 포갰다.

쿵쾅쿵쾅 하고 내 손이 세차게 맥박 친다. 불거진 혈관이 파열될 듯 부푼다.

고모가 한 박자 쉬고 내 얼굴을 들여다보았다. 정면으로 마주 볼 수는 없었다.

코타츠에 넣은 발보다도 얼굴이 더 뜨겁다.

고모는 내 손을 치우거나 하지는 않고, 그러나 조용히 입을 열었다.

"너 말야."

대답을 하려고 했는데 목구멍이 조여서 목소리가 잘 나오지 않았다.

고, 고, 고, 하는 느낌.

고모는 한숨을 흘린 후 아까 못 한 말을 전하듯이 말을 이었다.

"좋아할 상대, 제대로 고르는 편이 좋다고 생각해."

꾸밈없는 충고에 머리가 폭발했다.

"좋! 조, 좋아하다니, 그게 무슨!"

목소리가 뒤집혀 날뛰고 혀는 깨물 뻔하고, 더 이상 수습하는 건 불가능한 추태였다.

"아니, 아무래도 알지."

내 반응에 기가 막힌 듯 고모가 하하하 웃었다. 등에 흐르는 땀이 번지면서 옷에 불쾌하게 들러붙는다. 기분 나빠하지 않는 건가 걱정하고, 부모님을 떠올리고, 마지막으로 고모의 오른쪽 눈을 의식하자 불안과 동요가 교대로 찾아와서는 심장을 두드렸다. 살아 있다는 기분은 들지만 당장에라도 죽을 것 같았다.

"여자아이 좋아하니?"

노골적인 질문이 날아왔다. 아뇨, 아뇨아뇨아뇨, 하며 머리를 흔들었다.

"딱히, 그… 그런 게, 아니라고는, 생각해요."

고모라서 좋은 것이다. 복잡하고 난해하게 이유를 갖다 붙인들 결국에는 그거다.

고모를 향한 것은 어느샌가 죄책감 따위보다 호의가 대부분을 차지하고 있었다.

단지 그뿐인 일인 것이다.

"하긴~ 난 여자아이라고 할 만한 나이가 아니구나."

고모가 호쾌하게 크하하하 웃었다. 조심스럽게 에헤헤 웃었더니 정색을 하고 나를 쏘아보았다.

"여자아이예요."

말해야 했다. "남사스럽게." 하면서 고모가 제대로 수줍어했다. 뭐야, 이 촌극은.

"뭐, 뭐뭐뭐, 뭐어, 그건, 제쳐 놓고 말이죠."

이영차, 하는 제스처 중에도 팔이 가늘게 떨렸다. 차마 눈뜨고 볼 수 없다.

"제쳐 놔도 괜찮겠니?"

좋지 않다는 얼굴을 하고 있었다. 괜찮대도.

"가령, 그, 혹시나, 제가 고모를 좋아한다 하더라도… 무슨 문제가 있나, 요?"

내가 말하고도 어이가 없어 핏기가 가셨다.

"정말 문제지."

"아."

역시 그렇다.

"나라서 문제인 거야."

"네?"

고모가 실언을 한 듯 이크, 하면서 입가를 막았다. 그러고는 크흠, 하고 헛기침.

"그야 곤란하지. 나, 고모. 너, 조카."

자신과 내 턱을 차례로 가리켰다.

"오히려 문제가 없는 점을 찾기 어렵잖아?"

문제는 없다. 하지만 그 말을 했다가는 모든 것이 끝장이다. 그러므로 엉터리라도 좋으니 뭔가 발견할 필요가 있었다. 있나, 아니, 절대로 없어, 없어도 좋아, 만들어.

지금 당장 만들어.

"아, 아이는 생기지 않을 테니 안심이다… 라, 라든지."

이제 울고 싶은 마음으로 으에헷헤헤헤헤 웃어넘길 수밖에 없었다.

그리고 이번에는 고모가 뿜을 차례였다. 책상에 엎어져서 몇 번인가 이마를 박는다.

이마에 빨간 자국을 남긴 채 고모가 느릿느릿 얼굴을 들어 올렸다.

"너 말야."

"죄송합니다."

이제 덮어놓고 사과하는 수밖에 없다. 왜 사과하는지도 알수 없지만 이 분위기에서 도망치고 싶었다.

"아… 아니 뭐… 하긴, 그러네. 응."

턱을 괸 고모는 뺨의 살이 치우쳐서 얼굴이 뾰로통해 보였다.

"뭐… 저기, 그 뭐냐. 여하튼 상대를 고르는 편이… 좋지 않겠어?"

마지막에는 어딘지 될 대로 되라는 식이었다. 아무리 어른이라도 이 상황에서 적절한 대응을 이지적으로 구사한다는 일은 불가능한 모양이었다. 중학생 때는 어른에게 반발심도 있어서 부정한다. 그리고 고등학생이 되면 어른이 만능이 아니라는 사실을 새삼 깨닫는다. 미숙한 자신이 어른에 가까워지기 때문이다.

"오늘, 자고 가는 거지?"

이 분위기에서.

"네…."

취소할까 반쯤 진심으로 생각했다.

"자는데 덮치지 마."

사레가 들렸다. 고모 딴에는 농담이었겠지만 도저히 흘려들을 수가 없다.

"으으음… 목욕탕도 엿보지 않을게요."

말을 하는데 빨개진 얼굴이 수습되지 않았다. 고모도 침착할 수는 없는지 괜히 몸이 흔들리고 있었다.

뭐야, 이거.

내가 좋아하는 거, 앞으로 쭉 고모가 아는 건가.

죽고 싶다.

발이 동동 굴려져, 방심했다가는 얼굴을 손으로 감싸 쥐고 근처 어딘가를 이리저리 뒹굴 것 같았다. 게다가 또 소리친다. '우와, 뭐야, 나 진짜'라는 둥 소리치며 아우성친다. 그러고 싶은 것을 배에 힘을 주고 참았다.

수치심과 그 밖의 감정을 구별 없이 삼켜 내고자 노력했다.

긴 시간이 필요했다.

고모를 좋아하게 된다. 그것도 여자인 내가. 비뚤어졌다, 일그러져 있다.

그렇지만 꼭 직선만이 답이라고 할 수는 없다.

똑바로 가든 흔들리게 가든 요컨대 다다를 수 있으면 되지 않을까.

"그리고, 아까 그건 진심으로 한 충고야."

턱을 고쳐 괸 고모가 곁눈질로 나를 보았다.

"사람을 좋아하게 되어 꿈을 꾸는 듯한 기분에 젖어 드는 건 좋지만 상대를 골라야만 하고, 게다가 너무 빠지지 않는 편이 좋아."

밀착되어 있는 내 손과 어깨를 가볍게 밀었다. 그래도 거리가 벌어질 정도는 아니었다.

"무분별하게 꿈만 좇다가는 언젠가 그 꿈속에 떨어져 버릴지도 몰라."

고모가 창문 너머를 보며 말했다. 옆얼굴이 어둡다.

"으음, 그건…?"

"그런 녀석도 있지 않겠냐는 말이야. 뭐, 사실은 꿈이든 현실이든 그리 차이는 없을지도 모르지만 말야. 확실한 것이 있다면 어느 쪽을 고르든…."

"네…."

충고를 하는 것 같으면서도 마지막에는 결론을 흐리듯 애매했다.

그 윤곽을 종잡을 수 없는 예시는 마치 두터운 구름에 휩싸인 것처럼 이상한 감촉을 지니고 있었다. 실제 경험이 있는 것이리라. 그렇게 느껴졌다.

고로 그런 고모의 충고는 알아들었다, 잘못투성이인 자신도 이해되었다.

그렇지만.

"…좋아하게 되는 상대라는 거, 고를 수 있나요?"

문득 마음에 걸린 의문을 고모에게 던졌다.

한 박자 쉬고 고모가 대답했다.

"보통은 고를 수 없지."

고모가 어깨를 떨구듯 웃었다.

어느 쪽의 목소리든 물속에 가라앉듯 깊이 울렸다.

눈이 내리지 않는 따뜻한 크리스마스였다. 난방을 무시한 채 실내에 꼼짝 않고 있어도 견딜 수 있을 만한 밤이다. 운치는 없을지 모르지만 지내기 편하니 좋다고 생각한다. 애당초 크리스마스에 눈이 내리는 장면을 맞닥뜨린 적이 없다.

요 일주간, 마을에서는 빨간색과 하얀색을 볼 기회가 정말 많았다. 눈을 감아도 잔상으로 떠오를 정도다. 전구 장식의 활기찬 빛도 인상에 강하게 남는다. 심지어는 역 앞과 학교 근처에서도 볼 수 있었던 몸단장한 전나무는 내일이 되면 수수한 색상으로 돌아가리라.

여름 하늘에는 불꽃이 오른다. 그리고 겨울에는 사람들의 고양된 기분이 마을 전체에 피어오른다.

그 빛에 휩싸인 밤, 나는 혼자였다. 집의 방에 홀로 턱을 괴고 들어앉아 있었다.

커튼 밖 야경 너머로 고모를 생각한다.

실은 얼마 전, 일단 크리스마스 계획을 물어보았다. 그랬더니 고모는 한숨을 쉬고 한마디.

'잘 생각해.'

'네… 저기, 그러면….'

'응.'

'따로 누군가와 보낼 계획이 있나요…?'

다음으로 그런 걱정을 털어놓으니 고모는 난처한 듯 뺨을 긁적였다.

'안심… 이라고 하면 되는 건지 뭔지. 혼자야, 딱히 아무것도

안 해.'

'그래요….'

마음이 놓였다. 그것만으로도 생각할 필요도 없이 많은 답이 있는 것 같았다.

'아, 케이크는 사 와서 먹을지도 모르겠다.'

'맛있게 드세요….'

'축복하든지 질척이든지 둘 중 하나만 해.'

색다른 표현이 재미있었기에 그날은 질척여 보았다.

의식하여 질척질척했다.

어떻게 했는지는 벌써 기억나지 않는다.

고모가 말한 대로 생각한다. 물론 고모 생각뿐이다.

모든 것의 시작은 기억에 없는 죄.

고모와의 일을 알고 어떠했는가.

중학생이 되었을 때, 고모의 눈에 대해 아빠가 이야기했다. 아마도, 알아 두는 편이 좋을 거라고 운을 떼면서. 그 후로 나와 고모는 이어지게 되었다.

고모를 보고 느끼는 건 어떠한 중계 없이 직접 도달한다.

고통도, 망설임도, 고양도.

알게 되어서 다행이라고 생각한다.

우선 첫 번째.

그런 고모만 의식하고 있는 일은 어떤가.

고모는 별로 긍정적인 감정이 느껴지지 않는 모양이다.

그렇지만 나는 이토록 진지하게 남을 생각하는 일이 처음이
다.

고모에게서는 수많은 처음을 느낀다. 배운다. 깨닫는다.

때때로 마음이 가느다랗게 긴장되어 마음의 수면에 휘몰아치
는 폭풍이 되면서도 무수한 변화를 준다. 고모에게 맞추어 많
은 것이 바뀐다. 나는, 자신이 원하는 내가 되어 간다.

동경해서 후회는 없다.

고모는 여성이 자신을 좋아한다는 것에 저항이 없는 느낌이
었다. 지금까지의 반응을 돌이켜 보면 그런 혐오감이 앞서는
것처럼은 느껴지지 않았다. 인간은 자신과 닮은 것을 좋아하게
되는지도 모른다는 말을 언젠가 어딘가에서 본 기억이 있다.
나와 고모는 기호랄까, 뿌리에 닮은 것이 있는지도 모른다. 즉,
여자를 좋아한다. 아주 노골적이다.

어쨌든 다행인 건 많다. 부채감을 느껴야 할 상대에 대해 이
토록 긍정적인 것이 나열된다. 그건 다행인 일이다. 자기 본위
지만, 내게는 틀림없이 다행인 일인 것이다.

인생은 미지와의 조우를 거쳐 비로소 앞으로 나아가는 느낌이다.

그건 단서다. 살아 있음을 실감하기 위한 커다란, 확실한.

그래서 지금 가슴속에 깃든 건 잘못되지 않았다.

"......................."

계속 전하고 싶었던 말이 있다.

그건 좋아한다고 하는 것과 비슷하지만 더욱 자기중심적이고 비도덕적으로.

그래서 말하지 못하고 있다.

만약에 그 본심을 전한다면 또 한 번 고모를 상처 입히는 꼴이 될까?

아무리 상대를 동경해도 생각해 버리면 자기가 기준이 된다.

나라면 이렇게 한다, 이렇게 생각한다… 자신과 타인의 경계를 시야에서 놓칠 것 같았다.

그럼에도 질문을 거듭한다.

깊이 스스로에게 묻는다.

신년이라는 것은 실은 딱 와닿지 않는 것이었다. 학생이라 그런지 일 년의 시작은 4월이라는 의식이 있었다. 나의 일 년은 3월에 끝난다. 따라서 설날에는 좀처럼 익숙해지지 않았다.

그러나 경사스럽지 않다고 하면 거짓말이다. 세뱃돈도 있지만, 어느 해를 경계로 하여 또 한 가지 은밀한 즐거움이 생겼다. 고모가, 우리 집에 온다. 올해는 유독 긴장되었다.

설날은 친척 모두가 우리 집에 모인다. 주문한 배달 초밥이 테이블 위를 차지하고 있었다. 준비한 긴 테이블 저쪽 끝에 고모가 있다. 오늘도 예쁘고 빈틈없이 화장도 했다.

어른들로 에워싸인 고모는 몹시 거북해하고 있었다. 술도 마시지 않고 구부정하게 시간을 보낸다. 자만일지도 모르지만 나와 둘이서 있을 때가 훨씬 더 즐거워 보인다. 눈이 마주치려고 해서 황급히 고개를 떨구었다.

그날 이후 고모와는 복잡한 이야기를 하지 않았다.

서로의 목에 끈을 매달아 언제든지 잡아당길 수 있지만 못 본 척하는 것 같았다.

술자리에서 고모가 아빠에게 무슨 말을 듣는다. 그 두 사람의 눈이 동시에 나를 보아 소스라치게 놀랐다. 눈을 피했지만 어떤 이야기를 하고 있었을까 신경이 쓰였다. 댁의 따님에게 고백을 받은 거나 마찬가진데, 라고 고모가 말하고 있는 것일까. 파멸이라고 한탄했다.

어른들에게 인사가 끝난 뒤 방으로 돌아가기로 했다. 고모는 있지만 옆에 있는데 이야기를 할 수 없다니, 도리어 울적했다. 방에 돌아와서 침대에 쓰러졌다.

딱히 뭘 한 것은 아니지만 평소 교류가 없는 친척들에게 인사를 했더니 지쳐 버렸다. 눈을 감으니 벌써 새근대는 숨소리가 들리는 것 같다. 배가 가득 차서 낮잠을 자고, 설날도 참 좋은 것이로구나 생각하고 만다. 그렇지만 자고 일어나면 고모는 집에 없다. 그것도 좀 아깝다 싶으면서도 수마에는 저항할 수 있을 것 같지도 않았다.

그리하여 반쯤 잠이 들었을 때였다.

누군가가 문을 노크했다. 입을 베개에 파묻은 채 살짝 눈을 떴다. 누구일까. 노크 같은 걸 한다는 건 가족이 아니라는 뜻이다. 입가를 훔치면서 얼굴을 들자 문이 열렸다.

"안녕."

지난번 약속 때처럼 가볍게 손을 들고 고모가 들어왔다.

그걸 본 순간 벌떡 일어나 침대 위에서 정좌하고 말았다.

"어, 아, 안녕하세요!"

꾸벅꾸벅 머리를 숙였다.

"그런 식으로 어울리는 건 불편해서 도망쳐 왔어."

"도망쳐요, 도망쳐."

네, 그럼요, 어려워 말고, 라며 손짓 발짓으로 권했다. 고모는 씁쓸하게 웃었다.

두 사람 몫의 쿠션을 준비하여 바닥으로 내려갔다. 고모에게도 건넨 뒤 마주 보고 앉았다.

…얼굴을 정면으로 보지 않으면 안 되니 마주 앉는 건 실수였나, 조금 생각했다.

고모가 방 안을 둘러본다. 그러고는 가볍게 몸을 떨었다.

"추워요?"

냉난방기의 리모컨에 손을 뻗으려 하자 아니라며 손으로 제지했다.

"전에 봤을 때는 여기, 창고여서 확 달라졌다고 생각했을 뿐이야."

"그게 몇 년 전 얘긴데요⋯."

내가 초등학생이 된 뒤로 쭉 쓰고 있는 방이었다. 확 달라지지 않는 게 더 이상하다.

달라지지 않는 건 창문으로 비쳐 드는 빛 정도이려나.

오늘은 설날임에도 공교롭게 날이 흐린데, 밤에는 눈이 내린다는 예보가 있었다.

"......................."

고모와 앉아 있었다. 그렇지만 이 방, 텔레비전도 코타츠도 없고.

마주 앉아도 뭔가 할 일도 없고. 그러나 떨어지고 싶은 마음도 없고.

없고 없고.

"술 못 마시는군요."

관찰하고 있었던 것을 보고하자 고모가 "마실 수 있어."라고 부정했다.

"하지만 술은 즐거운 자리에서 마시는 것이잖아."

"그런 것, 인가요?"

"그래서 지금 마실 거야."

그렇게 말하더니 고모가 옷 속에 감추었던 캔 맥주를 몇 개 꺼냈다.

호오, 하고 처음 내 반응은 굼떴다.

그러나 뒤늦게 말이 정리되자 뜻이 혹 들어왔다.

나와 있을 때는 즐겁다고 말하고 있는 건가.

무릎을 쳤다. 꽉꽉 쳤다. 고모가 이상한 걸 보는 눈이 되어 있었지만 자제할 수 없었다.

고모가 캔 맥주의 탭을 당겼다. 입을 대고, 거기서 내 시선을 감지한 듯 눈을 움직였다.

나로서는 잘 모르겠지만 흥미로운 눈이라도 하고 있었던 걸까.

"마셔 보고 싶어?"

고모가 캔 맥주를 내게 기울였다. 반짝반짝 빛나는 것에 새처럼 이끌린다.

"조금만요."

"그래, 그래."

조금만이야, 하며 캔을 내밀었다.

"음주까지 권하고, 오빠한테 들키면 나 참수형이야."

아빠의 호칭이 나와서 그러고 보니, 하며 떠올랐다.

"아까 아빠랑 무슨 얘기 했어요?"

고모가 "아아." 하며 뺨을 긁적였다.

"딸아이가 신세를 진다는 둥, 그런 얘기."

"아~ 그런." 안심했다. "좋은 얘기네요." "응, 어디가?"

아니, 그게… 하하하 하고 웃어넘겼다.

"오빠는 날 어려워하거든."

머리가 지끈했다. 술 냄새 때문이 아니다.

"…눈 때문에?"

"그런 셈이지."

고모는 특별히 어려워하지 않는다. 도리어 다행이지만, 씁쓸함이 완전히 사그라지는 건 아니었다.

이렇게 씁쓸할 때 마시는 걸까 하는 생각에 저항감이 약해져서 맥주를 마셔 보았다. 전에는 느껴 보지 못한 맛에 맨 먼저 혀끝이 위화감을 품었다. 끈적… 하고, 쓴맛이 단숨에 흘러들었다.

삼켰다. 목 넘김, 어쩌고 하는 CF를 상기했다.

"술이라는 건 맛이 없네요."

솔직하게 감상을 말했다. 고모가 흐뭇한 것을 보듯 환히 웃었다.

"건전하고 아주 멋진데."

"그렇지만 마실 수 있어요."

날름날름 핥듯이 마셨다. 맛이 없지만 조금 미련이 남았다.

응, 마실 수 있다.

마신다.

꿀꺽꿀꺽.

"…저기, 조금만이다?"

네네.

"가슴을 만지고 싶은가 싶지 않은가로 말하자면 만져 보고는
싶어요."

"아아, 그러세요?"

"그치만 그런 생각이 드는 건~ 고모의 것뿐이고 다른 가슴
은 아무래도 좋달까."

"영광이네요."

"이상하죠. 차이점은 커다랗다는 것 정돈데."

"이상한 게 아니라 단순히 왕가슴을 좋아하는 거 아니니?"

왕가슴을 좋아하는 만취한 조카라니, 원… 하며 고모가 거세
게 한숨을 쉬었다.

어쩐지 아까부터 고모가 난처해 보인다. 나, 뭐 이상한가.

물끄럼….

고모가 무진장 예뻐 보인다. 여느 때와 마찬가지다.

"얘."

"아니, 왜요?"

"저기."

한 발짝 다가섰다. 고모가 사삭 앞가슴을 감추었다. 어라라라.

"딱히 결혼해 달라고 하진 않았는데요."

"아니, 처음부터 그건 무리야."

묘한 부분에서 냉정한 고모의 목소리가 쾅쾅 울린다. 목구멍
속이 위액에 잠겼다.

"좋아하고, 함께 있고 싶고… 그것뿐이잖아요."

토사물 대신 고백이 입을 뚫고 나왔다. 대신이라니. 망했다.

그런데 이거, 이야기가 이어지고 있는 건가? 위액의 맛 때문
인지 조금 냉정해졌다.

"잘 생각하라고 했잖아."

"생각했어요, 엄청. 고모와 떨어져 있는 동안… 으으."

그 공허한 시간을 떠올리니 괴로운 기분마저 들었다.

지금의 온기가 거짓말 같다.

"함께 있긴 하겠지만. 너, 나이 차라는 건 생각하고 있어?"

"나이 차는 상관없다구요오."

"있네요. 10년 후, 20년 후에는 나 예순 먹은 할머니야."

고모가 자신의 얼굴을 잡아 잔뜩 주름을 만들었다.

그렇게 늙은 채 예언한다.

"넌 분명 나와 사는 걸 후회할 거야."

10년 후일지 20년 후일지 알 수 없지만.

고모가, 할머니⋯. 고모할머니. 후후후, 사랑스러워.

"주름투성이 가슴이라도 웰컴이에요."

"이 자식, 너 맞는다."

텅 빈 캔을 바닥에 쾨앙 놓았다.

"상관없어요. 연령 그까짓 거, 사실 전 고모를 엄청 좋아하는 걸요. 좋아하게 되면 눈이 먼달까, 보정 효과가 적용된달까, 아무리 해도 예뻐 보인다고요. 그래서 점점 좋아하게 되죠. 이 좋아하게 되는 시스템, 빈틈이 없네요. 물 공격을 당하는 것처럼 등을 파바바박 떠밀려 훅훅 빠져 버려요. 빈틈이라는 말과 좋아한다는 말*이 겹쳤지만 개그가 아니에요, 웃지 않아도 돼요. 그러니까요, 아시겠어요? 한 번 좋아하게 되면 뚫고 나아갈 수밖에 없어요. 이제 그것은 운명. 필연. 극단적으로 말해서 고모가 다섯 살 정도였더라도 좋아했을 거예요."

다섯, 하면서 손가락을 펴 보였다.

"⋯잘 생각해서, 그거?"

※일본어의 좋아하다(好き)와 빈틈(隙)은 같은 '스키'로 읽힌다.

"네."

고모는 할 말을 잃은 듯 천장을 올려다보고 크헝 울부짖었다.

"어떤 식으로 키웠기에 이런 변태가 탄생하는지….."

뭔가 심한 소리를 듣고 있지만, 아~니요, 아직이네요.

난 그런 게 아니라고.

"…하고 싶었던 말이 있어요."

취기는 반쯤 깨어 있었다. 그렇지만 취한 척 고백한다.

"분명 화내실 테니 말할 수 없지만."

말할 수 있을 턱이 없다. 말하면 그 자리에서 칼을 맞는다 해
도 할 말이 없었다.

고모가 손을 뻗어 손가락에 내 머리카락을 끼웠다. 위에서 아
래로 쓸어내리며 음미한다.

"말해 보렴, 화내지 않을 테니까."

"경멸당하는 것도 싫고."

"안 할게."

"싫어하지 마요."

"그러지 않을 테니까 빨리 말해. 말하지 않으면 절교야, 절교."

5… 4… 하고 카운트를 시작했다. 세탁기가 뱅글뱅글 돌아가
듯이 남은 술이 머리에서 증발한다. 황급히 앞으로 푹 고꾸라

지고 고모 옷에 매달려 얼굴을 갖다 대면서.

1….

단 하나의 본심을, 바친다.

"당신의 오른쪽 눈에 상처 입히기를 잘했어요."

상처 입히지 않았더라면 생겨나지 않았을 것이 있다. 상처 입히지 않았더라면 만나지 못했을 사람이 있다. 상처 입히지 않았더라면 좋아하지 못했을 것이다. 상처 입히지 않았더라면 두근거리지 않았을 것이다. 상처 입히지 않았더라면.

모두, 고모가 잃었기에 주어진 것이다.

시작을 부정할 수는 없다, 끝이 사라지기에. 어디에도 갈 수 없어지기에.

아래에서 친척들의 떠드는 소리가 난다. 나와, 우리와 무관한 소리.

고모와 둘만의 세상에서 죄와, 잘못을 기뻐하는 나를 드러낸다.

"죄송해요, 굉장히 심한 소리를 했고, 심한 생각을 하고 있었어요."

고모에게 기대며 참회한다. 고모는 "그러게 말야." 하며 인정사정 두지 않는다.

"딴 데 가서는 그런 말하면 못써, 남 일인데도 혼날 테니까."

"네."

끌어안듯 고모가 부드럽게 등을 쓰다듬었다. 무엇에서 넘쳐 흘렀는지 몰라도 눈물이 배어났다.

"…비교적, 꾼 꿈을 기억하는 체질이거든."

"네? …네."

"꿈속에서 꽤 의식이 또렷하단 말이지."

무슨 이야기일까 싶었지만 끼어들지 않고 기다렸다.

"그래서 꿈속을 의식적으로 어슬렁거리는 일도 있는데… 그런 걸 반복하면 잠에서 깨도 현실과 꿈이 구별되지 않을 때가 있어. 잘못하면 어느 쪽에서 생활하고 있는지 그대로 알 수 없게 되는데… 그렇지만 난 그렇게 되지 않아."

그건 고모와, 그리고 전혀 다른 누군가에게 들려주는 이야기 같기도 했다.

후후후후, 하고 툭툭 끊기는 웃음소리가 귓가에서 포개진다.

"꿈에선 말야, 시야를 막는 게 없어."

흠칫 놀랐다. 그대로 떨리려고 한 몸통과 어깨를 고모의 팔이 옥죄듯 눌렀다. 후후후후, 하고 또 이상한 웃음소리가 들렸다.

"도움 많이 되고 있어. 오른쪽 눈이 보이지 않으면 그게 현실이니까."

꽉, 하고. 허리에 둘러진 손이 나를 세게 잡았다.

"이 상처가 있기에 네 말도, 똑바로 받아들일 수 있어."

목소리를 누르듯이 그렇게 말하는 것이었다.

달콤하지 않은, 딱딱하고, 밀도 있는 목소리.

고모의 심경은 헤아릴 수 없다.

언젠가, 자세히 아는 때가 오면 좋겠다고 순수하게 바랐다.

"아… 그리고… 나도 사실을 말할게."

"네."

"눈을 찔렸을 때 굉장히 아파서, 이 꼬맹이를 어떻게 해 버릴까 생각했어."

움찔한 등을 고모가 재밌다는 듯 토닥였다.

"때려 줄까도 생각했지. 오빠와 새언니가 뛰어와서 자중했지만."

"지금 때려도 돼요."

"싫어, 좋아할 것 같거든."

마음속을 들켜 엣헤헤헤 겸연쩍게 웃었다.

그런 도착적인 내 모습에 고모가 쾌활하게 이를 드러내고 역시 웃었다.

"이 꼬맹이."

표출된 증오는 내 마음을 진정 용솟음치게 했다.

설날부터 흐리고 눈 오는 날이 계속되었지만 그날은 아침부터 쾌청했다.

아낌없이 푸르른 하늘이 눈에 스민다. 기분 좋게 자전거의 페달을 밟았다.

신년 첫 출근이었다. 나를 본 고모가 가게 정면까지 나와 맞이했다.

추위를 타는 고모가 일부러 밖에 나온 사실, 그것만으로도 가슴이 벅차올랐다.

"안녕."

"하세요."

자전거를 멈추며 말을 이어 보았다.

"겨울 방학이 끝난 뒤여도 좋았는데."

고모가 신경을 써 준다. 괜찮다면서 자전거에서 내렸다.

"고모를 바로 만나고 싶었으니까요."

말하고 나자 불이 붙은 듯 눈 밑이 확 타올랐다. 불꽃에 이끌려서 그대로 아래를 보았다.

"앞으로도 잘 부탁합니다."

깊숙이 머리를 숙였다. 숙인 머리에 피가 몰리고, 고동에 맞추어 피가 세차게 돌았다.

귀와 눈이 아프다.

"후회하지 않을 거야?"

"그런 보증은 할 수 없어요."

지금 최선을 다한다. 그 결과를 미래의 내게 맡긴다. 단지 그뿐인 일이다.

"그렇지만 후회하는 것에도, 분명 의미가 있을 거예요."

고모의 말을 빌렸다. 얼굴을 들자 고모는 배경의 파란 하늘과 어우러져서 아주 맑은 표정을 짓고 있었다. 인생의 축적도, 나이도, 간직된 감정도 모두 은색으로 빛난다.

아름답다는 생각에 마음을 빼앗겼다.

할 수만 있다면.

"저를 계속 원망해 주세요."

비뚤어진 바람은 어디까지 이루어질 것인가.

고모는 허리에 손을 짚고 눈을 가늘게 뜨며 차분하게 웃었다.

나는 평생 고모의 원망 속에서 살아갈 것이다.

살아가고 싶다.

거기에 생겨나는 의미를 모두 받아들이며, 뜻하는 대로.

소
녀
망
상
중。

당장에라도 하늘과 이어질 바다에서

약속은 할 때와 이루어질 때, 어느 쪽이 가슴 설렐까?

정답은 양쪽 다 두근거린다, 이다.

모래 위에 내려서니 달구어진 듯 뜨거웠다. 폴짝이는 발은 춤을 추는 듯했다.

"신나?"

현명하게 샌들을 신고 있는 그녀가 내 폴짝임을 긍정적으로 해석했다.

"그런 면도 부정할 수는 없어."

들뜨기는 했다. 모래사장에 진을 친 다른 사람들에게 지지 않을 정도로는.

찌르는 태양 빛, 숨 막히는 바닷물 내음, 짜증이 날 만큼 들끓는 관광객.

이것이야말로 여름의 해수욕이다.

그녀와 함께 찾은 여름 바다. 줄곧 꿈꾸어 왔던 세상이 흔들림 없이 눈앞에 펼쳐진다.

"우선은 술래잡기 하자."

사람들 틈을 누벼 가까스로 공간을 확보하고 돗자리를 준비하면서 제안했다. 그녀는 짐을 놓은 후 "술래잡기?" 하며 고개를 갸웃했다. 그러고는 바다를 횡단하듯 조망했다.

"경쟁한다는 거야?"

"뭐, 그것도 좋고."

봄과는 천양지차인 활기는 햇빛에 지지 않을 만큼 번쩍이며 여름 풍경을 빛낸다.

준비를 마치고 허리를 펴 모래사장을 쳐다보면서 말했다.

"꿈이었어, 너랑 하는 거."

앞으로 달려 나가면서 바라던 것이 이제는 차례차례 충족되려 한다.

그런 행운을 누릴 만큼 덕德이 있는 일을 했었나, 최근에는 좀 의심될 정도다.

"그 꿈은 나도 꾼 적이 있는데."

이상하게도, 하면서 그녀가 쓴웃음을 지으며 뺨을 긁적였다.

"너와 함께면 정말 이상한 일에만 납득이 가."

그렇게 말하는 그녀의 표정에 불온한 것이 섞여 있지 않음을 간파하고 안도의 한숨을 쉬었다.

그리고 동시에 정말 이상한 일도 다 있구나 실감한다.

"하지만 둘이서 술래잡기라니, 짐은 어떡하고?"

이거, 하면서 그녀가 발치를 가리켰다. 확실히 짐을 지킬 사람이 없다. 그러나 달리고 싶다. …붙이자.

"짐을 들고 달릴까?"

"에이… 무슨 체육 동아리 합숙인가?"

라고 불평을 늘어놓으면서 그녀도 착실히 짐을 짊어져 주었다.

해변으로 나갔다. 파도의 영향으로 촉촉하게 젖은 모래사장은 알맞은 온도가 되어 있었다.

"그럼 간다~"

그녀가 느릿느릿 손을 흔들어 선언했다. 가~ 하면서 이쪽도 가방과 함께 손을 흔들었다.

맥박이 쿵덕쿵덕 소란을 피우기 시작했다.

여기서 따라잡지 못하면 다시 그녀는 환상으로 사라져 갈 것인가.

있을 수 없는 일이라고 생각하면서도 불가사의로 이어진 사이이기에 부정도 할 수 없었다.

그녀가 내게 등을 보이고 뜀박질을 시작했다. 바닷물을 머금은 모래가 발에 차이는, 조금 무거운 소리가 났다. 그에 이끌리듯이 달렸다. 다리는 움직인다. 부러졌던 일을 잊은 듯, 예전처럼.

가속하기도 전부터 보이는 목표를 향해 단숨에 다가섰다.

…어라?

비교적 간단하게 그녀의 등을 따라잡고 말았다.

어깨를 잡힌 그녀가 감속하여 고꾸라지듯 하며 멈추어 섰다.

달린 거리를 확인하듯이 내 뒤로 고개를 빼 보더니, 놀란다.

"빠르지 않아?"

"느리지 않아?"

무심코 본심을 말하자 그녀가 발끈하여 입술을 삐죽였다.

"아, 미안, 미안. 그런 뜻이 아니야."

그게 아니라, 하며 다리를 교차시켜 꼬면서 부정했다. 이럴 리 없었던 것이다.

"으~음….."

"반대로 하자."

그녀가 제안했다. 내 뒤로 돌아들어 등을 밀었다.

"내가 쫓아갈게."

"입장 역전인가… 그것도, 응, 좋네."

사실은 모습이 보이지 않으면 불안하지만, 모처럼 그녀가 한 제안을 헛되이 할 수는 없었다.

"그리고 이거. 핸디캡을 부과하겠어."

그녀가 짐을 내게 맡겼다. 핸디캡이라니, 그럴듯한 핑계로 꾀를 부린다 싶어 감탄하고 말았다.

조금 앞으로 나가 거리를 두고는 "간다~" 하고 그녀 흉내를 냈다.

"와~"

장난스럽게 말한 그녀에게 무슨 대답이 그래, 하며 웃으면서 달려 나갔다. 첫발이 매끄럽게 내디뎌져 이거 괜찮은데, 라고 확신했다. 공기의 틈을 고르듯이 팔꿈치도 막힘없이 휘두를 수 있었다.

오랫동안 잊고 있었던 가속의 감촉에 도취되었다.

호흡 소리가 작게 느껴지는 건 느낌이 좋을 때의 신호다.

앞에는 아무것도 없었다. 그녀 또한 보이지 않는다. 그래도 몸이 가볍다.

초조함 없이 충만하면 세상은 이토록 경쾌하게 살아갈 수 있는 것인가.

그것을 나는 줄곧 몰랐다.

지금까지에 대한 작은 후회가 싹트려고 해서, 하지만 지금부터라며 기분을 전환했다.

행복해져 갈 테다, 라고 새삼 결의했다.

"저, 기 말이야! 적당히 좀, 하지!"

꽤 후방에서 불평이 들려와 어이쿠 하며 돌아보았다. 그녀와 제법 거리가 벌어져 있었다. 모래에 발을 꽂아 넣어 급정지했다. 그리고 되돌아갔다. 그러자 마침 그녀가 모래에 발목을 잡혀 기우뚱 비틀거리던 참이었다. 황급히 지원에 나선다.

비틀거린 그녀를 짐째 감싸 안았다. 무거워도 놓지 않겠다며 버텼다.

뒤로 비틀거리면서도 지탱해 내자 때마침 큰 파도가 다가왔다.

히익, 하며 얼굴을 굳히면서도 그녀와 서로를 지탱했다.

그녀는 확실히, 여기 있다.

새파란 바다가 그것을 보증하듯이 나와 그녀를 파도로 채웠다.

이번 휴일에 어디 놀러 가지 않겠느냐는 제안에 "인파가 없는 곳이라면." 하고 조건을 달았다.

인파는 그 너머로 무언가가 사라질 것 같아서 최대한 피해 왔다.

회사를 관둔 이유도 그것을 견딜 수 없게 되었기 때문이었다.

"역시 싫어요?"

"……………………."

무언가를 발견해 버릴 것 같은 느낌도 들었다.

무서웠던 건 오히려 그쪽인지도 모른다.

자기가 가져온 방석에 앉은 조카가 다소 득의양양하게 웃었다. 나를 이해하고 있어 기쁘다는 느낌이었다. 이거, 기쁜가? 기쁠지도 모른다. 내 옛날에 비추어 보고 잠시 그리움을 느꼈다. 동시에 조카가 정말 나를 좋아하나 보다 생각도 했다.

의식하니 머리카락 표면이 뜨겁게 젖는 감각이 되살아났다. 오랫동안 인연이 없어 말라 있었던 정념이 나잇값도 못 하고 솟아오르는 것 같았다.

이러니저러니 해도 나 역시 조카가 마음에 드는 모양이다.

이야기를 반쯤 흘려들으며 그 윤기 있는 머리카락을 바라본다.

조카와 보내는 여름은 처음이다. 여름 방학을 맞은 조카는 내 집에 죽치고 있다. 그에 대하여 오빠와 새언니가 내게 직접 무슨 말을 해 오는 일은 없다. 오빠는 자기 딸이 내 오른쪽 눈에 상처 입힌 일에 본인 이상으로 부채감을 느끼는 것 같았다. 그 일에 딸이 끌려다니지는 않을까 걱정이 되는 모양이다. 염려하는 사이 고모를 사랑하게 되었다, 어쩌지, 라고는 아마 아직 생각하지 않으리라. 알면 그야말로 부부가 머리를 감싸 쥘 것이다.

그리고 그 순간은 아마, 언젠가는 피할 수 없으리라.

선풍기 날개처럼 같은 장소를 유지하는 것 같아도 인간은 앞으로 나아가고 있다.

언젠가는 언젠가, 반드시 찾아온다.

어렸을 적에는 멀게 느껴지던 '언젠가'가 어느 사이엔가 저편에서 다가오는 입장이 되어 있었다. …그렇다고는 하나 그렇게까지 비관하는 일도 없고. 대부분의 일은 어떻게든 되니까.

모든 것은 들어앉아야 할 장소를 알고 있다. 야단을 떠는 건 주변뿐이다.

"하지만 이 계절에 놀러 나가면 대부분의 장소에 사람들이 모여 있죠."

"내 말이."

매미도 많지만 사람도 많다. 평소에는 밖을 걷고 있어도 순 자동차뿐이고 걷는 사람은 변변히 볼 수 없지만, 막상 좀 나가 보면 그 숫자에 넌더리가 난다. 그래서 실은 별로 나가고 싶지 않다.

하지만 모처럼 놀러 가자고 하는 상대가 있다면 장단을 맞춰 주어야 한다고도 생각한다.

그것도 타인보다 나를 선택해 주는 상대라면 더욱 그렇다.

"바다는 어때요?"

조카가 명랑한 태도로 안을 내놓았다. 말만으로도 바닷물 냄새가 나는 것 같았다.

"이 나이에?"

"나이하고 관계가 있나요?"

있겠지, 그야, 수영복이라든지. 햇볕에 탄다든지, 피부가 거칠어진다든지.

"바다라….'

대답을 흐리면서 턱을 괴었다. 각도를 바꾸니 얼굴 오른쪽에서 강한 빛이 꽂혀 들었다.

얼굴을 들고 호오, 하고 한숨을 쉬었다.

"하늘이 파랗구나."

창문에서 내다보이는 경치는 뛰어들 수 있을 듯이 새파란 하늘이다. 구름도 보이지 않는다.

여름철에 하늘이 이토록 선명하게 진한 색으로 비쳐 보이는 건 의외로 드문 일이었다.

그 파란색이 시야 끝에 물결치듯 어린다.

"파랗다."

반복하니 조카도 궁금했는지 창문을 보았다.

"파란색 좋아해요?"

조카의 물음에 왼쪽 눈을 가늘게 떴다.

"눈부셔."

"답이 안 되는데요."

답이 없으므로 딱히 대꾸할 도리가 없었다.

파랑은 파랑. 좋지도 싫지도 않고 그곳에 있다.

"......................."

작은 등을 쫓던 그림자가 푸르른 날에 다가선다.

그곳에 있었다.

"바다는 짜."

도착하자, 우선 그런 말을 해 보았다.

"뭐예요, 그게."

"넓다는 감상도 좀 평이한가 해서."

하지만 실은 넓다고 생각했다. 차폐물이 극단적으로 적은 시야의 불안함이여.

어디를 보면 좋을지 알 수 없게 된다. 미아 같은 기분이었다.

"생각만큼 사람은 없구나."

외국 해안의 해삼처럼 떠 있으려나 했는데 가족 나들이객은 드문드문하다.

"다른 사람한테는 평일이니까요."

"아아, 그런가."

나처럼 자영업을 하는 사람처럼은 자유롭지 않다.

가져온 작은 파라솔을 치고 돗자리를 폈다. 그러고는 교대로 짐을 지키며 한 명씩 옷을 갈아입었다. 돌아온 조카는 파란 와이어 비키니 차림으로 아래는 쇼트 팬츠였다.

"호오."

나에 비해 피부 노출이 많다, 다리가 너무 하얗지 않나, 비키니 끈을 잡아당겨 보고 싶다.

여러 가지 생각을 했다.

내가 무례하게 말똥말똥 보는 탓에 조카는 부끄러워하듯 자기 팔을 안고 눈을 피했다. 그런 몸짓 하나하나가 순진하다고나 할까, 풋풋하여 좋든 싫든 나이 차를 느끼지 않을 수 없었다.

"쳇."

"그 헛소리는 뭐예요."

"그건 장난이야. 그런데, 바다에 와선 뭐 해?"

바다에서 떨어진 마을에서 살아온 몸으로서는 구체적인 이미지가 없었다.

"뭘 하냐니, 으음… 헤엄친다든지?"

수영복이니까, 하면서 어깨끈을 집는다. 과연, 하며 바다를
똑바로 보았다. 헤엄치는 사람은 적었다.

서 있던 조카도 파라솔 아래로 와서 일단 내 옆에 앉았다.

"바다에 온 적 없어요?"

"우습게보지 마, 몇 번 있어. 마지막에 온 건 초등학교 때 가
족 여행."

여행지에서 기념품을 살 때 오래 고민한 일을 기억하고 있다.

그것을 받은 상대가 애매하게 기뻐하면서 계속 먼 곳을 보고
있던 일도, 기억하고 있다.

"저도 뭐, 비슷해요."

"응."

"실은 저도 해수욕 예절에는 어두워서."

조카가 자백했다.

"야단났네."

"야단났어요."

둘이서 무릎을 안아 웅크리고 말았다. 볕이 직접 닿지 않더라
도 열이 서서히 다가온다.

그늘 안에서 찜이라도 되는 것 같았다.

"고모랑 와 보고 싶었어요."

조카를 보았다. 조카는 놀러 가자고 한 이유를 말하고 수줍어한다.

"아니, 그보다… 고모와 더 많이, 여러 장소에 가 보고 싶어요."

응석을 부리듯 올려 뜬 눈과 목소리에 무심코 그 어깨를 안을 뻔했지만, 자제했다.

"…저기 있지, 너무 귀여운 소리하면 못써."

머리를 쓰다듬으면서 주의를 주었다.

"네? 아, 죄송해요…?"

자신이 왜 사과하고 있는지 모르겠다는 느낌이다.

나로서도 알 수 없었다.

"아, 맞다. 딱 하나 가져온 것이 있어."

옆에 둔 가방에 손을 찔러 넣었다.

"어차피 한가하다면 그걸로 놀까?"

"뭔데요?"

"공."

"오~"

가방 구석에 숨어 있던 놈을 발견했다. 자, 하고 조카에게 가볍게 던졌다.

"이게 뭐예요?"

건지듯 받더니 어안이 벙벙해진다.

"공."

"공이라니, 이거 테니스공이잖아요."

조카가 테니스공을 보고 곤혹스러워했다. 비치볼일 줄 알았던 모양이다.

참고로 평소에는 등과 머리의 결림을 푸는 데 사용한다.

"둘이서 배구 같은 것을 해 봤자 재미없잖아."

걸치고 있던 겉옷을 벗을까 망설이다가 그대로 파라솔에서 나왔다. 자, 가자, 하며 손짓해 불렀더니 조카도 공을 굴리면서 따라왔다. 모래사장은 메마른 우리와 달리 용솟음치듯 뜨겁다.

인파 가까이에서는 캐치볼을 할 수 없으니 사람이 적어서 다행이었다.

"갑니다~"

"오렴."

거리를 둔 조카가 천천히 팔을 휘둘러 던졌다. 노란연두색 테니스공이 못미더운 포물선을 그렸다. 여유를 가지고 잡았다.

쥐고, 다시 던졌다. 조카도 살짝 불안정했지만 캐치했다.

한 번 왕복하고 조카가 고개를 갸웃했다. 그렇지만 또 던졌다. 받아 든다. 던진다. 받아 낸다.

익숙해지면서 공의 속도가 올라가자 여유가 사라져 모래사장을 차는 발이 무거워졌다.

마치 전속력으로 뛰는 것처럼 내몰리게 된다.

빨리 달리는 것이 뭐가 재미있는지 나로서는 아직 알 수 없다.

"재미있나요?"

던지면서 조카가 물었다.

"아니, 별로!"

솔직히 받아쳤다. 지치고, 땀은 나고, 모처럼 바다에 있는데 바람을 쐬는 느낌이 안 든다.

무엇을 하러 왔나 싶다.

하지만 그렇게 대답하면서 나는 웃고 있었던 것 같다.

나와 마주한 조카가 웃고 있었기 때문이다.

딱히 한 일도 없었지만 시간은 따분함 없이 지나갔다.

다른 관광객들도 돌아가기 시작하여 사람이 드문드문해지자 시야는 한층 바다로 통일된다.

찾아온 때가 점심 지나서인지 해가 저물기 시작했다. 기울어진 햇살에 호응하듯이 먼 바다가 황금색으로 변하기 시작했다. 색이 변하는 것만으로도 체감하는 온도 또한 크게 변화해 간다.

바람까지 부드럽게 느껴지는 건 어째서일까.

"………………."

빛의 변화는 눈 속의 향수 같은 것을 간질인다.

사라져 가는 파랑 너머로 지금으로서는 먼 옛날, 잃어버린 것을 본다.

계속 함께 있는 것이 당연하다는 생각에 생겨난 그 감정은 차츰 조바심, 불안이 되어 필사적으로 붙들어 매려 했고, 그러나 이루어지지 않았는데. 오른쪽 눈을 잃었음을 순순히 받아들일 수 있던 것도 그러한 경험이 밑거름으로 작용했기 때문이리라. 잃을 리 없다는 것은 착각에 지나지 않는다.

눈을 감으면 빛은 사라진다.

귀를 막으면 파도는 끊긴다.

떨어지면, 아무것도 알 수 없게 된다.

지금까지도 크고 많은 것을 잃어 왔다.

지금부터는 무엇을 잃어 갈 것인가.

저무는 하늘에 맞추듯이 바다에 따뜻한 불이 켜진다.

엷은 태양과 거기에서 해면으로 뻗은 빛은 몽롱한 탑 같았다.

"하늘과 바다가 이어져 있는 것 같네요."

조카의 그 말에 머리가 간질여지는 듯했다. 어디선가 들은 기억이 있었다. 하지만 그것은 스스로 한 말인지 누군가가 한 말인지도 분명하지 않다. 확실히 그렇다며 그 경치에 공감한다.

그렇지만, 하고 반발도 했다. 모순되지만 둘 다 내 안에서 성립된다.

"하지만 하늘과 바다는 결코 교차되지 않아."

닮은 듯하고 늘 마주 보지만, 그럼에도.

그 파란색에, 바다는 도달하지 않는다.

"쓸쓸한 소리 하지 말아 주세요."

조카가 나무랐다. 기분이 상했을까.

사과하려 했더니 돗자리에 짚은 손 위에 그 조카의 손이 포개져 있었다.

전에도 이런 일이 있었다.

떠올리는데 조카가 살피듯이 내 얼굴을 들여다보았다. 긴장한 표정이다. 얼굴이 가깝다고 느끼면서 그 뺨에 손을 대었다.

손가락과 **뺨** 사이에 끼인 머리카락은 매끄러워 스르륵 틈새에서 흘러내렸다. 조카가 더욱 몸을 붙였다. 반대쪽 손에까지 자신의 손을 얹었다.

조카는 멈추지 않았다.

이거 부딪치겠는데, 하면서. 교통사고 현장을 느긋이 바라보듯 나도 움직이고 있었다.

조카와 내 입술이 맞닿는다.

떨어져 나간 돌 조각의 단면이 맞붙는 듯한, 그런 이미지가 떠올랐다.

겨울과 달리 서로의 입술은 거칠지 않았다.

바닷물 맛이 난다.

조카가 눈과 얼굴을 새빨갛게 물들이면서 이내 떨어졌다.

그 조카의 어깨를 끌어안았다. 어깨나 내 손바닥, 어느 쪽인가가 뜨겁다.

"머리가 붕 떠 있어요. 제정신이 아닌 느낌이에요."

"정확한 판단이라고 생각해."

오빠의 딸과 입술을 포갰다고 의식하니, 도덕적으로 아찔해지는 느낌이었다.

"이런 게 첫사랑이라고 생각했어요."

무릎을 안고 몸을 굳힌 채 발의 엄지발가락을 만지작거리면서 조카가 청춘을 예찬했다.

첫사랑이라는 말을 들으니, 더욱 현기증이 날 것 같았다.

나로도 괜찮은 걸까 싶은 반면.

좋은 일이라는 생각에 눈부시기도 하다.

피부가 따끔따끔했다.

"…여름도, 나쁘지 않을지도 몰라."

중얼거리자 조카가 얼굴을 들었다.

"뭔가 말했어요?"

"아니, 아무 말도. 그런데 이거, 나는 롤리콤이 되는 셈이려나."

어쨌거나 스무 살 이상 차이 나는 여고생의 어깨를 안고 있는 것이다.

내가 남자였더라면 신고감이다. 남자가 아니더라도 가족회의다.

"글쎄요… 어떻게 되는 걸까요."

"스무 살 때였더라면 태어나기 전인 아이를 좋아하게 되는 꼴이잖아."

"그건 위험하네요, 정말 위험한 사람이에요."

"내 말이."

어디에도 없을 무언가를 쫓아 사랑에 애가 타다니.

머리가 어떻게 되었다고 말할 수밖에 없다.

조카와 바싹 붙은 채 당장에라도 하늘과 녹아들 듯한 바다와 대면한다.

바다는 잔물결을 밀어 올려 잔잔히 모래사장을 덧칠한다.

잡다한 기억을 자극하는 경치가 콧속에 찡하고 온다.

동시에 이 풍경 또한 그 기억의 일부가 된다.

죽는 순간에는 어떻게 해서든 떠올리고 싶은 광경이었다.

바다에서 돌아가는 길, 제방에 연한 길을 버스정류장까지 걷는다.

테트라포드로 물가를 메운 바다가 먼 데를 붉게 태우면서 눈앞에 희미한 파랑을 남긴다.

바다와는 인연이 없지만 그 그러데이션을 어디서 본 것 같았다.

그 착각은 바닷바람의 냄새마저 그립게 느껴질 만큼 강한 것이 되었다.

왼쪽 옆을 걷는 조카는 자꾸 입술을 만지고 있었다. 온순한 눈매가 어딘가 사랑스럽다. 무엇을 의미하는지 알면서도 시치미를 떼어 보았다.

"모래라도 입에 들어갔어?"

조카가 얼굴을 들고 쏘아보았다. 드러낸 이가 눈부신 오렌지색으로 빛난다.

"알면서 말하는 거죠."

"까끌까끌."

"…알았어요."

그렇다면, 조카가 입술을 작게 벌리면서 나를 올려다보았다.

눈동자는 불안과 고양감이 맞붙어 싸워 해면처럼 젖고는 흔들린다.

"있어요?"

석양이 차오르듯 뺨이 아래서부터 물든다. 무엇을 원하고 있는지는 명백했다.

어깨에서 목으로, 그리고 눈동자로 저녁놀에 물드는 조카가 예뻐서 감동했다.

미려함이 귀여움을 이겼다.

"…글쎄, 확인해 볼게."

살짝 몸을 기울여 입술을 포갰다. 조카에게 얼굴을 가져가니 바닷물 냄새가 강해졌다.

혀가 닿는다.

혀끝에서 모래가 깔끄럽게 움직였다.

"......................."

서둘러 얼굴을 떼었다. 해저에 혀라도 넣은 듯한 기분이었다.

무언가 말하고 싶은 시선이 옆에서 느껴지지만 바다를 보았다.

"저어."

"있지?"

"그쪽 것이 옮겨 온 느낌이."

이번에는 소리 내어 말하지 않아도 까끌거렸다.

어금니 쪽에 끼어 있었던 모양이다.

"아이참."

조카가 따지듯이 내 팔꿈치 살갗을 집었다. 그래도 먼 곳을 보고 있었다.

창해에 보트가 흔들리는 것이 보인다. 바라보고 있으니 나도 어질어질 흔들렸다.

"그런데 여러모로, 꿈같아요."

그 부드러운 목소리를 듣고 눈을 다시 조카에게로 돌렸다. 기분을 푼 조카가 수줍어하면서도 미소 짓고 있었다. 보는 나도 입가에 웃음이 번지는 것을 알 수 있다.

내가 생각보다 조카를 좋아하게 되었음을 자각했다.

좋아하는 사람의 미소란 그런 것임을 알고 있었기 때문이다.

"꿈같다고…."

나를 좋아하게 되는 사람이 있고 나도 그에 부응하려 하고.

굉장히, 내게 이상적이라서.

이 세상은 정말 내 꿈이 아닌 것일까 때때로 의심하고 만다.

돌이켜 보면 추억은 그런 것뿐이었다. 어제 꾼 꿈처럼 단편적이다. 즐겁다든지 슬프다든지, 따라붙는 감정조차 시간의 흐름에 마모되어 간다. 그렇게 잊고 있는 것이기에 막상 떠오르면 멋대로 부풀리고 만다.

지금, 눈앞에 있고 그로부터 느끼는 것 이외에 확실한 건 없는 거였다.

설령 그것이 꿈이든 현실이든.

바다를 본다.

경치는 환상처럼 애달프고, 몸을 감싸는 상쾌한 피로는 틀림없이 현실이며, 그리고 꿈이 생겨난다.

환상을 쫓고, 생시를 마주하고, 꿈과 엇갈린다.

과거와, 현재와, 미래.

삶이란 어쩜 이리도 불확실한 경계를 오가는 걸까.

그런 가운데 조카의 그늘 없는 미소는 석양보다도 찬란했다.

무심코 눈을 감듯, 내리뜰 만큼.

그때.

태양을 구름이 뒤덮듯.

사람의 그림자가, 내 어깨를 어루만지듯 하며 오른쪽을 스쳐 지나갔다.

흠칫 놀랐다.

심장에 직접 닿는 듯한 그 회고回顧에 세상이 들썩일 만큼 세차게 몸이 튀어 올랐다.

그 그림자는 하나였던 것 같고, 어쩌면 두 명분의 발소리가 느껴지는 것인지도 몰랐다.

경쾌한 발소리.

기포가 넘쳤다가 꺼지듯이 가슴속에서 터지고 있었다.

이게 혹시라도 왼쪽이었더라면.

혹은 오른쪽 눈의 기능을 상실하지 않았더라면.

더 빨리 반응하여 돌아볼 수 있었을지도 모른다.

확인이 가능했을지도 몰랐다.

알아차렸을 때 기척은 저편으로 멀어져 있었다.

나는 결국, 멈추어 섰어도 돌아보지는 않았고.

입에 남은 자갈의 감촉이 혀를 앞으로 보냈다.

얼굴을 앞으로 향하게 했다.

단념하게 하고 있었다.

"왜 그래요?"

아무것도 알아차리지 못한 기색의 조카가 돌아보고 내게 물었다.

"…아무것도 아니야."

아무것도 아니었다, 분명.

내 꿈은 15년 전 오른쪽 눈이 찢겼을 때 끝났다.

얇은 막이 씐 듯한 매일은 무구한 상처로 인해 걷혔다.

그래서 이제, 나는 꿈을 좇지 않는다.

보폭을 넓혀, 조카의 긴 그림자를 따라잡고자 앞으로 나아간다.

눈을 감지 않고.

귀를 막지 않고.

떨어지지 않도록.

잃어버린 것을 되찾을 수는 없다.

다른 무언가로 메꿀 수도 없다.

그러므로 결여된 부분을 맞비비며, 살아간다.

오래되고 메마른 기억이 눈물지을 만큼 아름다운, 바다와 하늘 사이에서.

「소녀 망상 중.」 마침

작가 후기

안녕하세요, 이루마 히토마입니다. 올해 첫 발간 작품입니다. 미디어웍스문고에서 작품을 발표하는 것도 오랜만이지 않을까요. 단편 같으면서도 장편 같은 여느 때의 작풍입니다만, 재미있게 봐 주시면 감사하겠습니다. …쓸 거리가 벌써 떨어졌습니다.

기본적으로는 집에 있으면서 원고를 쓰고 놀고 자기만 해서 변화가 없습니다. 그러니 근황을 쓰려고 해도 전혀 없습니다. 이런 생활을 이어 온 지 10년이 지나려 하고 있습니다. 10년 전과 아무것도 달라진 게 없는 자신이 있는 것 같으면서도 주위를 보면 의외로 달라진 것은 있습니다.

사라진 것도 잔뜩 있습니다. 생겨난 것도 잔뜩, 있으면 좋을 텐데.

표지를 담당해 주신 나카타니 씨, 감사합니다.

담당 편집자님께도 감사의 뜻을.

그리고 물론 구입해 주신 분들도 감사합니다.

늦은 인사이기는 하나 올해도 잘 부탁드립니다.

이루마 히토마

소녀 망상 중.

2020년 10월 10일 초판 발행

저자	이루마 히토마
일러스트	나카타니 니오
옮긴이	정혜원

발행인	정동훈
편집 팀장	황정아
편집	노혜림

발행처	(주)학산문화사
등록	1995년 7월 1일
등록번호	제3-632호
주소	서울특별시 동작구 상도로 282 학산빌딩
편집부	02-828-8838
영업부	02-828-8986

ISBN 979-11-348-3442-5 03830

값 10,000원